École Lucien-Guilbault
3165, rue de Louvain Est
Montréal (Québec) H1Z 1J7

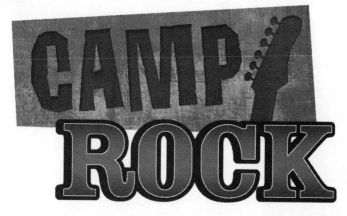

Le roman

Adapté par Lucy Ruggles

Basé sur le téléfilm *Camp Rock*, écrit par Karin Gist et Regina Hicks
ainsi que Julie Brown et Paul Brown

© 2008 par Disney Enterprises, Inc. Tous droits réservés.
Droits réservés 2008 par Disney Enterprises, Inc.

Publié par Presses Aventure, une division de
Les Publications Modus Vivendi Inc.
55, rue Jean-Talon Ouest, 2ᵉ étage
Montréal (Québec) Canada H2R 2W8

Paru sous le titre original : *Camp Rock, The Junior Novel*
Dépôt légal - Bibliothèque et Archives nationales du Québec, 2008
Dépôt légal - Bibliothèque et Archives Canada, 2008
ISBN : 978-2-89543-966-0

Nous reconnaissons l'aide financière du gouvernement du Canada par l'entremise
du Programme d'aide au développement de l'industrie de l'édition (PADIÉ) pour
nos activités d'édition.

Imprimé au Canada.

CHAPITRE UN

— Mitchie, lève-toi ! ordonne Connie Torres en se frayant tant bien que mal un chemin à travers le fouillis de vêtements et de CD jonchant le plancher de la chambre de sa fille de 14 ans.

— C'est ta dernière journée de classe ! dit-elle en battant joyeusement des mains avant de disparaître dans le couloir.

Emmitouflée dans sa douillette, Mitchie rouspète et s'étire. Elle attrape d'une main le CD intitulé *CHANSONS DE MITCHIE* qui repose sur sa table de chevet. Les yeux fermés, elle glisse le disque dans la fente du lecteur de CD et appuie sur la touche PLAY.

Immédiatement, les accords d'une chanson pop envahissent la pièce.

Une chanson interprétée par Mitchie Torres elle-même. À mesure que le rythme s'intensifie, Mitchie balance sa couette et saute du lit. Tout en chantant les paroles qu'elle connaît par cœur, elle jette sa longue chevelure brune en arrière et ouvre sa penderie.

Que doit-elle porter ? La minijupe en jean ? Elle la place sur ses hanches. Non. La jupe est un peu trop mini. Des shorts, alors ? Non. Le problème est le même : trop court. Un pantalon, peut-être ? Elle décroche du cintre une paire de capri et l'enfile. Bien, mais ce n'est pas parfait. En apercevant des jambières, elle sait comment elle s'habillera. Une jupe, des jambières, un t-shirt – la tenue parfaite, pas trop étudiée, pour la dernière journée de classe.

Pendant qu'elle enfile un long collier, Mitchie sent l'inspiration venir. Elle se précipite à son bureau et se saisit d'un cahier où l'on peut lire sur la couverture : « Les chansons de Mitchie ». Elle écrit frénétiquement sur le papier les paroles d'une chanson. Satisfaite de sa nouvelle œuvre, Mitchie sourit en rangeant son cahier, puis se met à danser dans sa chambre, dans le corridor et jusque dans la cuisine où l'attend le petit-déjeuner.

Mitchie s'attable et avale une bouchée d'omelette préparée par sa mère. À la télévision, une émission sur le monde du spectacle où l'on discute des dernières frasques de Shane Gray – musicien et *très beau gars*.

— La pop-star Shane Gray, annonce le journaliste, a peut-être franchi les limites cette fois-ci lorsqu'il a quitté brusquement le plateau d'enregistrement de son nouveau clip après qu'un assistant lui ait rapporté un grand *latte* écrémé au lieu de son légendaire *chaï* au lait de soja mousseux. Cette dernière incartade coûte à sa maison de disque plusieurs milliers de dollars, et pourrait fort bien aussi *lui* coûter son contrat.

Mitchie soupire en pensant que Shane Gray a tout pour lui. Pourquoi cherche-t-il à tout gâcher ?

— Le message est clair, poursuit le journaliste, il doit rectifier son comportement. Et pour lui en donner la possibilité, la tournée estivale du groupe Connect Three a été annulée.

Le reportage est presque terminé lorsque la mère de Mitchie vient s'asseoir à ses côtés.

— Regarde ce que j'ai trouvé dans le bac à légumes, dit Connie en déposant sur la table une brochure en couleur, imprimée sur papier glacé. Une brochure du Camp Rock. Ou dois-je dire une *autre* brochure du Camp Rock ? ajoute-t-elle.

— Comme c'est bizarre, se contente d'ajouter Mitchie avant d'engouffrer une autre bouchée d'omelette.

Ainsi, ses allusions au Camp Rock ne sont pas aussi subtiles qu'elle l'a cru. Ah ! si elle pouvait y aller, tous ses rêves deviendraient réalité !

— Donc, tu n'as aucune idée de la façon dont cette brochure a pu arriver dans le réfrigérateur ? lui demande sa mère. Ou comment cette autre s'est retrouvée collée à l'aspirateur ?

Mitchie fait non de la tête.

— Chérie, poursuit Connie, je sais que tu veux aller à ce camp, mais nous ne pouvons pas nous le permettre à cause de l'extension de la quincaillerie de ton père et la mise en place de mon entreprise de traiteur. Je suis désolée... dit-elle doucement.

Ce discours lui fait l'effet d'une douche froide. Au fond, elle sait bien que le Camp Rock est hors de question, mais elle a quand même bien le droit de rêver, un peu ?

— Je sais, répond Mitchie, en posant son assiette vide sur le comptoir. Bon, je dois y aller, c'est ma dernière journée de cours, je ne peux pas être en retard.

Partout dans les salles de classe flotte cette énergie de la dernière journée d'école. Les élèves échangent des plaisanteries tout en jetant les vieilles notes de cours, d'examens et de tests dans d'immenses barils qui débordent.

Mitchie ouvre son casier pour y trouver une année complète de fouillis – des papiers froissés en boule, des stylos qui fuient, des livres rangés pêle-mêle.

Elle prend une longue inspiration et jette les objets hétéroclites qui s'y entassent. Même une brochure du Camp Rock prend aussi le chemin de la poubelle.

Quelques minutes plus tard s'approche Sierra, une grande fille maigre à lunettes, qui ouvre le casier voisin de celui de Mitchie. Sierra est l'amie de Mitchie – sa seule amie.

— Je veux être la première à te dire *xin xia ji !* s'exclame Sierra, en faisant référence à l'arrivée de l'été. Devine qui a eu un « A plus » en mandarin ? Moi. Pour la seconde fois !

Sierra éclate de rire et saute de joie, pourtant Mitchie n'a pas envie de partager la réussite scolaire de son amie. Elle est trop distraite par l'arrivée au bout du corridor d'un groupe de filles très populaires.

— Ouaah, commente Sierra, voici la reine des abeilles et sa cour, si on évite de bouger, elles ne nous piqueront pas.

Elle lève les yeux au ciel, mais Mitchie semble fascinée par les jeunes reines.

— Tu n'as jamais essayé d'imaginer comment ce serait si tu étais à leur place ? lui demande Mitchie.

Sierra jette un regard suspicieux à son amie.

— Est-ce que tu aurais de la fièvre ? la questionne Sierra en lui appliquant la main sur le front. Bon, dit-elle en changeant de sujet, des nouvelles à propos du Camp Rock ?

— Rien ne va plus, je n'irai pas au Camp Rock.

— Mais il faut que tu y ailles ! Le Camp Rock est le camp musical par excellence. Tous ceux qui veulent réussir dans le monde de la musique doivent...

Voyant la mine déconfite de son amie, Sierra change d'approche :

— Je sais que tu sais déjà tout ça. Désolée.

Mitchie finit de ramasser ce qui encombre son casier avant de refermer la porte une dernière fois.

— Moi aussi je suis désolée, j'aurais tant aimé y aller et passer l'été tout en musique.

À son tour, Sierra ferme son casier, prend Mitchie par le cou pour la consoler et lui pose la seule question qui lui vint à l'esprit :

— Alors, que vas-tu faire cet été ?

CHAPITRE DEUX

Malheureusement, Mitchie doit troquer ses rêves d'un été tout en musique pour la dure réalité du service en salle. Un travail qui ne répond pas vraiment à ses attentes, mais qui l'occupera et lui fera gagner un peu d'argent, du moins, l'espère-t-elle.

Revenant de sa première journée de travail, la mine un peu lasse, elle détecte une odeur de hamburgers qui flotte dans la maison. En suivant le fumet, Mitchie sort dans la cour. Sa mère l'accueille avec une assiette en plastique où trône un énorme hamburger bien juteux.

— Voici le fameux hamburger Torres ! déclare Connie avec fierté.

Le père de Mitchie, Steve, s'affairant au gril, lui fait un signe de la main.

— Non, merci, je n'ai pas faim, lui répond Mitchie, se sentant légèrement nauséeuse.

Elle a assez vu de hamburgers pour la journée.

— OK, fait son père en riant malgré l'expression de tristesse sur le visage de sa fille. Allez, dis-le-lui !

— Me dire quoi ? interroge Mitchie, perplexe.

—Tu iras à Camp Rock ! lui annonce sa mère avec un grand sourire.

Mitchie n'en croit pas ses oreilles et regarde tour à tour ses parents.

— Ce n'est pas tout à fait exact, reprend Connie en s'asseyant à la table de pique-nique, nous y allons toutes les deux. Le traiteur Connie s'en va en camping !

Une fois la nouvelle bien digérée, Mitchie laisse échapper un grand cri et se met à sauter de joie.

Connie déplie sa serviette qu'elle dépose sur sa cuisse, alors que sa fille continue d'exprimer sa joie.

— Comme le travail de traiteur est au ralenti pendant l'été, lui explique-t-elle, on m'a proposé ce travail régulier et une réduction sur le prix de ton admission au camp. Mais tu devras m'aider en cuisine.

Mitchie n'en a cure. Elle aurait même nettoyé les toilettes si on le lui avait demandé.

— Merci, lance-t-elle en prenant sa mère dans ses bras, puis son père. Merci, merci, un million de fois merci !

— Je pense qu'elle est emballée, avance son père en faisant un clin d'œil à sa femme.

Connie l'admet et Mitchie, qui rayonne de bonheur, les serre tous les deux encore plus fort. Elle ira au Camp Rock !

CHAPITRE
TROIS

Les yeux larges comme des soucoupes, Mitchie admire le tableau. Sa mère a arrêté sa fourgonnette près de l'immense affiche à l'entrée du camp sur laquelle on peut lire CAMP ROCK. Mitchie aperçoit des VUS et de minuscules voitures sport en file indienne pour se faire enregistrer. Partout, on voit des chalets rustiques.

Les campeurs et les moniteurs courent dans tous les sens. Des étiquettes portant leur nom pendent à leur cou; elles ressemblent à des laissez-passer donnant accès aux coulisses d'un spectacle.

D'après ce que Mitchie peut constater, il semble bien que les campeurs se soient déjà retrouvés selon leurs affinités : les gothiques, les fervents du hip-hop, les *emos*, les filles qui aiment la musique *angry chick*, les inconditionnels du métal, les chanteurs de country et, bien sûr, les amateurs de rock. Un groupe a sorti des partitions musicales et chante *a cappella*. Un autre est en train de jouer de ses instruments.

— Excitée? demande Connie.

— Un peu. D'accord, oui, je suis très excitée, concède Mitchie. Oui, merci maman, je vais avoir tant de pl...

Puis au beau milieu de sa phrase, l'attention de Mitchie est entièrement captée par l'apparition d'une fille sortant d'une longue limousine blanche. La lumière joue avec ses longs cheveux blonds, alors qu'elle porte à son oreille son portable incrusté de pierres du Rhin. Deux assistantes s'affairent à retirer ses valises griffées du coffre de la limo.

Mitchie observe la scène, complètement soufflée : c'est donc à cela que ressemble la reine des abeilles du Camp Rock. Avant qu'elle puisse la voir de plus près, Connie a déjà conduit la fourgonnette derrière la cantine.

Une chose est sûre – l'été ne manquera pas de piquant.

— Et ma mère m'a procuré des laissez-passer pour aller dans les coulisses du spectacle de Shane, explique Tess, la reine des abeilles que Mitchie vient d'apercevoir, en parlant d'une façon désinvolte dans son portable.

Ella et Peggy, qui sont en conversation téléphonique avec Tess, posent leurs pas dans les siens. Les deux filles sont la garde rapprochée de Tess. Partout où elle va, les deux comparses la suivent.

— C'est dommage qu'ils aient annulé le concert, fait Peggy en parlant toujours dans le portable, même si Tess est à peine à quelques centimètres devant elle.

— De toute façon, répond Tess, je suis certaine qu'il sera invité à la réception que donnera ma mère le mois prochain.

— Dis donc. Tu ne t'embêtes pas dans la vie, lui lance Ella avec une pointe d'envie.

La vie de Tess semble absolument géniale à tous les égards. Elle fait partie de l'aristocratie du rock. Les chansons de sa mère, T. J. Tyler, ont été si souvent en tête des palmarès que Tess se souvient à peine des titres. Chez elle, il y a même une pièce spécialement dédiée aux Grammy remportés régulièrement par sa mère.

— Oui, mais bon, de toute façon... déclare Tess d'un ton blasé.

Interrompant la conversation, elle s'intéresse à des filles qui chantent la chanson la plus populaire de l'an dernier, accompagnées de trois gars qui battent la mesure avec leurs poings.

— ... Des aspirantes au titre ! dit-elle en refermant son portable d'un grand *clac* !

Peggy ferme aussi son portable.

— Oui, souffle-t-elle, ne le sommes-nous pas toutes ?

Tess la foudroie du regard.

— Non, parce que cette année, *nous* remporterons le concours du *Jam Final*, annonce-t-elle.

— Ça va être génial ! crie Ella dans le portable qu'elle a toujours à l'oreille.

Tess et Peggy se regardent avant de se tourner vers leur amie.

— Vois-tu Ella, nous ne sommes plus en communication, lui rappelle Tess avec un petit sourire en coin.

— Oh oui ! fait Ella, toujours au téléphone, rappelez-moi !

Tess et Peggy échangent un regard entendu. Ella n'a pas inventé les boutons à quatre trous, mais elle est une excellente choriste.

Le chalet assigné à Mitchie et à sa mère est d'un style un peu vieillot mais simple.

Le soleil inonde la pièce jusqu'aux lits jumeaux. Mitchie lance son sac polochon sur le lit près de la porte et se tourne vers sa mère :

— Tout est super ! dit-elle vivement.

Une voix grave venant de l'extérieur lui répond :

— C'est impec !

Intriguées, Connie et Mitchie voient entrer un rocker d'un certain âge aux cheveux courts, portant un jean délavé et un vieux t-shirt.

— Je me présente, dit-il en tendant la main à Connie, Cesario Brown, directeur du camp et membre fondateur du groupe les Wet Crows. Vous devez être Connie Torres, notre nouvelle cuisinière.

— Oui, c'est bien moi, répond Connie en lui serrant la main, et voici, Mitchie... mais sa fille et assistante à la cuisine s'est envolée, ... partie !

Brown rit.

15

— Elle ne veut pas perdre une minute pour rejoindre les autres. Quand la musique nous tient !

— Vous devriez l'entendre, elle a une voix magnifique, lui confie Connie. Ça y est, je suis en train de la vanter !

— Il faut se mettre en avant, dit Brown, c'est ce que j'ai appris en jouant avec le grand Mickster.

Connie semble suspendue à ses lèvres.

— Je l'ai assisté durant des années comme bassiste ! continue-t-il. Une époque merveilleuse, mais pas aussi extraordinaire que la tournée que j'ai faite en compagnie de...

Connie hoche poliment la tête. Elle a la nette impression qu'elle ne pourra pas commencer le dîner de sitôt...

CHAPITRE QUATRE

Les campeurs sont rassemblés dans une sorte de stade pour entendre le discours d'accueil officiel au Camp Rock. Pendant qu'ils attendent, un dénommé Andy se met à taper de façon rythmée avec ses baguettes sur le banc devant lui. Peu à peu, les autres campeurs se joignent à lui en dansant et en chantant.

Mitchie, qui vient tout juste d'arriver, assiste à ce spectacle extraordinaire. Jamais de sa vie, elle n'a vu un tel foisonnement de créativité ! Ne regardant pas où elle va, elle bute accidentellement contre Tess.

— Pardon, lui dit Mitchie, je ne t'avais pas vue.

— Ça semble évident, répondit Tess d'un ton cassant, sans même ralentir le pas.

Mitchie la regarde s'éloigner, étonnée par tant d'arrogance.

— C'est du Tess Tyler tout craché, la diva de Camp Rock, lui confie une fille qui a assisté à l'incident.

— A-t-elle du talent ? demande Mitchie en observant Tess qui vient de s'asseoir sur un banc.

17

— Elle a le talent de faire croire qu'elle en a, lui répond la fille, et on comprend mieux lorsqu'on sait qu'elle est la fille de T. J. Tyler.

— *La* T. J. Tyler ? s'enquiert Mitchie éblouie en se tournant vers la fille. Celle qui a gagné au moins un trillion de Grammy ?

— En fait, je crois qu'elle en a un trillion plus un. Je me présente, je suis Caitlyn. Campeuse aujourd'hui, célèbre productrice de musique demain. Elle cliquette sur l'ordinateur posé sur ses genoux et la musique jaillit des haut-parleurs. Tu verras, je serai célèbre un de ces jours.

— Cool. Je suis Mitchie.

Elles sont interrompues par quelqu'un qui cogne sur un microphone.

La directrice musicale du Camp Rock s'apprête à prendre la parole. Tout le monde se tait.

— Bonjour à tous ! annonce-t-elle d'un ton enjoué, je suis Dee La Duke.

— Bonjour Dee, lui répond la foule un peu moins enthousiaste.

— Ici au Camp Rock, nous nous exprimons par le chant ! dit-elle d'une voix haut perchée. Allez, on recommence, lance-t-elle, en posant sa main sur son oreille.

—*BoNjouR Deeee !* reprennent les campeurs en l'imitant.

Dee sourit, satisfaite.

— C'est bien même s'il y a quelques fausses notes que nous corrigerons avant le concours *Jam Final*.

Cette allusion à l'importante compétition de chant qui se tiendra la dernière journée de camp électrise la foule. Barron James, un gars de 15 ans bien connu pour ses mauvaises blagues, et Sander Loya, son meilleur ami et fidèle complice, se mettent à improviser.

Du haut de l'estrade, Dee est ravie de l'enthousiasme des jeunes.

— OK, dit-elle pour calmer la foule. Il n'y a pas que la compétition du Jam Final qui compte. Vous avez beaucoup de pain sur la planche. Vous devrez acquérir de nouvelles compétences musicales. Vous devrez trouver votre son et votre style, et découvrir quel genre d'artiste vous voulez devenir. Mais par-dessus tout, nous sommes ici pour le plaisir de faire de la musique ! Dee prit une longue inspiration avant de reprendre son discours : et, s'il vous plaît… roulez tambours !

Andy, le batteur, la prend au mot et s'exécute. Dee se racle la gorge et lui lance un regard en biais. Andy cesse son numéro.

— Pour la première fois, nous allons accueillir un moniteur très spécial…

Pendant ce temps-là, pour le moniteur très spécial c'est une surprise de taille.

— Je ne veux pas gâcher mon été dans un camp musical ! aboie Shane Gray à l'intention de Nate et de Jason, les deux autres membres du groupe Connect Three.

Shane est sans conteste une véritable pop star. Mais il en a gros sur le cœur. Il a appris à la dure que célébrité et pression vont de pair.

Calé dans sa limousine, il ne remarque même pas la beauté du paysage qui défile sous ses yeux.

— Souviens-toi, nous adorions cet endroit, lui rappelle Nate pour le motiver.

Nate est le chef du groupe, une responsabilité dont il se serait bien passé en ce moment.

— Il y a trois ans, nous étions nous-mêmes des campeurs, reprend-il.

— Ouais ! c'est l'endroit où Connect Three… s'est connecté, ajoute Jason décontracté.

Comme Shane ne réagit toujours pas, Nate change de tactique.

— Tu verras ton oncle Brown.

— Ce n'est vraiment pas un argument de vente, lui lance Shane.

Nate est bien conscient que son partenaire n'a pas envie de se retrouver au camp, mais il en a assez de cette discussion stérile.

— Écoute-moi bien, tu as mauvaise réputation dans la presse et la maison de disque veut que tu améliores ton image.

Comme Shane se tait, Nate poursuit sa lancée :

— Cette histoire de camp musical sera la solution à ce problème d'image. Relaxe, respire l'air frais et fais-toi bronzer.

Nate rit de sa propre blague, tandis que la limousine s'immobilise.

— Oh! Fabrique-moi un nichoir ou un truc de ce genre! lui balance Jason en guise d'au revoir.

Shane le regarde froidement et prend son sac polochon à ses pieds, sort en claquant violemment la portière.

Un instant plus tard, la vitre de la fenêtre s'abaisse et Nate sort la tête.

— Au fait, nous avons dit à la presse que tu enregistrerais un duo avec le gagnant du concours *Jam Final*.

Nate remonte la vitre et la limousine file vers la ville. Shane est bel et bien coincé au Camp Rock.

Mitchie contemple l'énorme quantité de bœuf haché sur le comptoir de la cuisine. Les galettes de hamburger s'empilent devant elle. Elle pousse un long soupir et façonne une nouvelle galette.

— J'ai entendu dire qu'une soirée *micro ouvert* aurait lieu ce soir même, lui apprend sa mère en pelant des pommes de terre avec dextérité.

— C'est vrai, lui confirme Mitchie en tapotant la viande entre ses paumes.

— Vas-tu chanter? lui demande sa mère.

— Devant tous ces gens ? Il n'en est pas question ! répond-elle en haussant les sourcils.

— Mon chou, je t'ai entendu chanter dans ta chambre et tu chantes vraiment bien. Connie lève son index et son majeur et lui fait le salut scout. Tu dois croire en ton talent. Parole de maman. Et tant pis si tu as le trac, tout le monde a le trac.

Comme Mitchie ne réagit pas, sa mère poursuit :

— C'est la raison pour laquelle je fais autant de nourriture ce soir. Les gens ont tendance à manger plus lorsqu'ils sont nerveux.

Mitchie coule un regard torve vers le tas de viande crue.

— Pas moi en tout cas. Je pense que je ne pourrai plus avaler un seul burger de toute mon existence.

Sa mère lui prend des mains la galette de bœuf haché et lui dit :

— Pourrais-tu aller porter les déchets dans la benne et ensuite mettre le couvert ?

Mitchie gratifie sa mère d'un immense sourire en s'essuyant les mains sur son tablier taché puis s'empare des sacs. Elle est à mi-chemin lorsqu'elle entend quelqu'un chanter.

La voix est forte et provient de l'un des chalets. La curiosité l'emporte. Mitchie se dirige vers la cabine sur la pointe des pieds et colle son nez contre la moustiquaire.

À l'intérieur, Tess chante à pleins poumons. C'était bien, mais Mitchie trouve qu'elle en fait trop. Caitlyn a raison : Tess pousse un peu trop sa voix. Derrière elle, Peggy et Ella ponctuent le tout de Oh! et de Ah!. Soudain, Tess s'arrête.

— On travaille en équipe, oui ou non! leur aboie-t-elle, exaspérée.

Peggy met son poing sur sa hanche et répond :

— Allô! La Terre! C'est ce qu'on essaie de faire, mais tu...

Tess est furieuse.

— Excuse-moi. Je suis celle qui a des Grammy, enfin, je veux dire ma mère... Elle a parlé de moi dans son discours de remerciement. Si nous voulons casser la baraque ce soir, vous avez intérêt à m'écouter. Allez, on reprend.

Tess n'a évidemment pas parlé de l'autre raison pour laquelle elle pousse tellement ses choristes : Shane Gray.

Depuis que Dee a annoncé sa présence, Tess est déterminée à attirer son attention. La soirée *micro ouvert* est sa première chance.

À l'extérieur, Mitchie se rend compte combien sa présence à cet endroit serait difficilement justifiable si quelqu'un la voyait. Elle recule, trébuche sur un caillou et s'étale de tout son long; en tombant, le sac se déchire et son contenu se répand.

— Bravo, murmure-t-elle en se relevant.

De l'autre côté du camp, Shane se promène, le téléphone portable vissé à l'oreille.

— Allez, les gars. J'ai compris le message. J'ai pris une douche froide. J'ai admiré un arbre. Je suis ici depuis bientôt huit heures. J'ai besoin d'un soin pour mes cheveux.

Nate, à l'autre bout du fil, étouffe un petit rire.

— J'imagine qu'il est temps que tu reviennes à un style plus naturel, blague-t-il, avant de raccrocher.

Shane remet prestement le portable dans sa poche en fulminant. Lorsqu'il lève les yeux, il voit un essaim de jeunes filles hurlantes qui fonce droit vers lui.

— *Le voilà!* crient-elles en s'arrachant littéralement les cheveux. *Shane! Shane!*

La cantine du camp musical ressemble à une cafétéria, avec en plus des guitares autographiées, des affiches d'anciens concerts et des t-shirts de rock qui ornent les murs.

Au fond de la longue pièce, une estrade de fortune a été érigée; elle est surmontée d'une bannière où l'on peut lire : SOIRÉE IMPRO. Mitchie met en place les derniers couverts puis jette un regard circulaire pour s'assurer qu'elle est seule, avant de monter sur scène. Elle sort son cahier de chansons de la poche de son tablier et chante, d'abord avec nervosité puis avec de plus en plus d'assurance. Sa chanson parle de l'importance de trouver sa voie malgré la peur qu'on éprouve. La voix de Mitchie monte de plus en plus haut.

Dehors, Shane fuit ses fans.

Il se cache derrière un buisson situé tout près de la cantine. Il voit ses fans passer en trombe sans le voir. Soulagé, il s'allonge en soupirant.

N'entend-il pas quelqu'un chanter à l'intérieur ? Mais oui. Shane ferme les yeux pour se concentrer sur les paroles de la chanson. Les paroles et la personne qui les chante sont vraiment géniales.

Une fois certain que la voie est libre, Shane sort du buisson et pousse rapidement la porte de la cantine.

— Qui est là ? demande-t-il, il y a quelqu'un ?

Mais la scène est vide.

CHAPITRE CINQ

Dans le chalet, Mitchie fouille fiévreusement dans son sac sous le regard amusé de sa mère.

— Toute la nourriture est prête, dit Connie en retenant un sourire, vous êtes donc libre, ma douce princesse.

— Je dois d'abord trouver quelque chose à me mettre, dit Mitchie en sortant de son bagage des t-shirts froissés et des jeans.

— Mon chou, c'est un camp musical, pas un défilé de mode.

— Non, mais tu as vu comment elles sont habillées? Je ne m'en tirerai jamais avec ce que je porte habituellement.

Connie fronce les sourcils.

— Je pense que tu es ravissante, et je ne dis pas cela parce que tu es ma fille.

Mitchie ne fait aucun cas de la remarque de sa mère et brandit un chemisier tout simple.

— Voici ce qu'il me faut, clame-t-elle en le tenant devant elle.

— Mais ce chemisier m'appartient, intervient Connie. Mon chou, porte tes propres vêtements. Sois toi-même et tout ira bien.

Mitchie lui lance un regard de défi et enfile le chemisier.

Du fond de la salle, Mitchie constate que la soirée *micro ouvert* est en pleine effervescence. Elle a passé une ceinture sur le chemisier de sa mère et est somme toute assez satisfaite de sa tenue, sans pour autant que cela augmente sa confiance en elle. Elle tape nerveusement du pied au rythme de la basse lorsque Caitlyn vient vers elle. Une jolie fille dotée d'une présence scénique indéniable est à ses côtés.

— Salut, fait Mitchie.

— Salut, lui répond Caitlyn avec un sourire. Voici Lola, Lola, Mitchie.

Les trois filles conversent quelques moments jusqu'à ce que Dee invite Lola Scott à monter sur la scène.

Lola s'exécute et sa voix, quelques instants plus tard, a capté l'attention de tous.

— Elle a une voix et une présence extraordinaires, avoue Mitchie, admirative.

— Oui, approuve Caitlyn, elle tient probablement ça de sa mère qui se produit à Broadway.

— Broadway, vraiment ?

Caitlyn s'appuie au mur en approuvant de la tête.

— Mais les jeunes du camp n'y accordent pas d'importance. Tout ce qui importe c'est d'attirer l'attention. C'est la raison pour laquelle Tess est la reine du camp.

Mitchie regarde alors du côté de Tess et leurs regards se croisent. Tess et sa cour se mettent alors en branle et se dirigent vers Mitchie et Caitlyn.

— Bon, confie Caitlyn en levant les yeux au ciel, *je sens que le mal s'apprête à fondre sur nous*[1].

— Salut Caitlyn, lui lance Tess en se faufilant jusqu'à elles, tes parents font-ils toujours de l'animation sur les bateaux de croisière?

Ella et Peggy gloussent de rire.

— En fait, ils travaillent à..., dit Caitlyn avant que Mitchie lui coupe la parole.

— Je me présente, je suis Mitchie.

Tess se tourne vers elle afin de l'évaluer.

— Enchantée, je suis Tess Tyler.

— Oui, je sais. J'adore votre mère, lui répond Mitchie en abandonnant définitivement l'idée de la jouer cool en cette première soirée au camp.

Caitlyn, peu intéressée par la tournure que prend la conversation, en profite pour s'éloigner un peu.

— Ça ne m'étonne pas du tout, réplique Tess en esquissant un sourire.

— Je suis Mitchie, Mitchie Torres.

Intérieurement, Mitchie bouillait : pourquoi a-t-il fallu qu'elle se présente *une seconde fois* ?

Le visage de Peggy s'illumine.

— Est-ce que ton père est Nicky Torres, le compositeur ? Mon père a fait la mise en scène de l'un de ses spectacles.

Soudain, Tess semble beaucoup plus intéressée.

Non, lui répond Mitchie, un peu mal à l'aise.

Ah bon ! commente Tess d'un ton sec.

Que fait-il alors ? s'enquiert Ella entre deux bulles de gomme à mâcher.

Il est propriétaire d'une quincaillerie, avoue doucement Mitchie.

Allons-nous-en, ordonne Tess à Peggy et Ella.

Elle est sans relations importantes, il ne faut pas perdre son temps avec Mitchie, pense Tess.

À cet instant précis, Mitchie prend une décision. Cet été, elle peut être qui elle veut... même une reine des abeilles.

Mais ma mère est..., dit-elle.

Oui ? l'interrompit Tess avec scepticisme, en lui présentant seulement son profil.

Elle est, hum !... la présidente de Hot Tunes TV... hum !, en Chine. Un marché gigantesque.

Aussitôt que ces mots ont franchi ses lèvres, elle s'en voulut. Mais il était trop tard.

C'est cool, clame Tess en se retournant tout à fait.

C'est vraiment cool, enchaîne Ella.

C'est super cool, commente Peggy.

Tess regarde tour à tour Peggy et Ella.

— Pensez-vous la même chose que moi? leur demande-t-elle.

— Absolument, disent les deux filles en chœur.

Après un silence plus ou moins long, Ella s'informe :

Au fait, pourrais-je savoir ce que nous pensons?

Tess jette un regard chargé de reproches à Ella puis se tourne vers Mitchie.

Un lit est libre dans notre chalet. Si tu veux, il est pour toi.

Vraiment? demande Mitchie, ravie de sa bonne fortune.

Bien sûr, nous allons être de grandes amies. Viens t'asseoir avec nous dans la section réservée, propose Tess en prenant Mitchie par le bras et en laissant Caitlyn en plan.

Ça va merci, dit sarcastiquement Caitlyn en voyant « les nouvelles amies » s'éloigner.

Connie feuillette des livres de cuisine empilés sur son lit lorsque Mitchie revient à leur chalet après le dîner.

— Me croiras-tu, dit-elle sans même relever la tête, si je te dis que dans tous ces livres de cuisine, je n'arrive pas à trouver une recette de chili pour 300 personnes ?

Connie retire ses lunettes et se frotte les yeux.

— Tu n'as pas besoin de suivre une recette, lui affirme joyeusement Mitchie, tout le monde adore ta cuisine. C'est officiel.

Vraiment ? demande Connie en souriant.

Parole de campeur, lui répond Mitchie.

Alors comment s'est déroulée la soirée *micro ouvert* ? As-tu chanté ?

Non… mais j'ai rencontré des filles, annonce Mitchie prudemment.

Le visage de sa mère s'illumine.

Puis…, commence Mitchie en essayant de ne pas se sentir trop coupable, elles m'ont proposé de partager leur chalet. Je sais que je dois t'aider à la cuisine, je n'aurai qu'à me lever plus tôt pour te rejoindre à la cantine et…

Mon chou, lui dit sa mère avec un sourire, bien sûr que tu peux emménager là-bas. Tout va bien aller. Bon, je dois me remettre à potasser ces livres de cuisine. J'ai une réputation à soutenir !

Tess mordille ses ongles manucurés alors qu'elle marche de long en large dans le chalet Vibe en attendant que sonne son portable. Sur son lit, Peggy gratte distraitement sa guitare, tandis qu'Ella se fait une manucure.

— Hé ! les filles ! quelle couleur ? demande Ella en brandissant deux bouteilles de vernis à ongles roses.

Peggy, qui avait cessé de jouer de la guitare à la suggestion de Tess, lève les yeux.

Ella, les deux couleurs sont identiques.

Vous comprenez mon dilemme ? lui répond-elle avec un grand sérieux.

Soudain, Tess arrête de faire les cent pas et s'anime.

Maman, c'est toi ? Oui, je suis installée. Devine quoi ? Shane Gray est… puis son visage s'allongea.

Oui, tu peux me rappeler. Je t'aime, moi aussi. Bonne chance pour ton spectacle.

Tess raccroche. En l'espace d'une seconde, on aurait pu croire qu'elle allait éclater en sanglots. Ou lancer rageusement son portable à travers la pièce.

Comme d'habitude, murmure-t-elle, les dents serrées.

— Qu'est-ce qu'il y a, Tess ? s'inquiète Ella.

Au lieu de lui fournir des explications, Tess décide de changer de sujet.

— Ma mère m'a dit qu'elle pourrait nous procurer des billets de faveur pour son prochain spectacle.

Ella et Peggy applaudissent à la nouvelle, juste au moment où Mitchie entre dans le chalet avec son sac et son étui à guitare en bandoulière.

— Salut les filles ! lance-t-elle légèrement hors d'haleine. Où est mon lit ?

Tess lui désigne le lit de Peggy qui n'émet aucune protestation. Peggy devra déménager.

Mitchie dépose son sac sur le lit et commence à le vider.

Tess regarde par-dessus l'épaule de Mitchie.

— Un seul sac ? Il est impossible que tu aies tous tes vêtements dans un seul sac ?

— Euh !... c'est vrai. J'ai jeté pas mal de vêtements, lui répond Mitchie mal à l'aise.

Tess se met à fouiller dans le sac de Mitchie et en sort un vieux t-shirt troué.

— Et tu as gardé ceci ? demande Tess.

— Euh ! oui, ce t-shirt vient de Chine, d'une petite boutique qui s'appelle *Xin Xia Ji*.

— Et qu'est-ce que ça veut dire ? demande Peggy en fixant des yeux le t-shirt.

— Cela veut dire *bon été* en mandarin, lui explique Mitchie en remerciant le ciel pour les talents linguistiques de sa bonne copine Sierra.

— Oh! quel beau bracelet! ajoute Mitchie, désireuse de ramener la conversation sur un terrain moins périlleux.

— Oui, c'est un cadeau de ma mère, répond Tess en admirant l'effet que son bracelet à breloques produisait. Chaque fois qu'elle remporte un Grammy, elle m'offre une nouvelle breloque.

— Absolument magnifique, ajoute Mitchie en continuant de ranger ses effets.

Elle retire prestement du sac son cahier à chansons qu'elle cache aussitôt. Mais Peggy a remarqué son geste.

— C'est ton journal intime?

Mitchie hésite longuement avant de répondre :

— Non, c'est mon cahier de chansons.

— Tu écris des chansons? lui demande Tess en s'affalant sur le lit de Mitchie.

— Ouais, mais elles ne sont probablement pas très bonnes.

— Moi je gage qu'elles le sont! dit Peggy avec enthousiasme. Chante-nous-en une!

Mitchie secoue la tête tandis que Tess s'empare du cahier et le feuillette.

— Pourquoi pas? Nous sommes tes amies maintenant.

Mitchie hésite pendant quelques secondes avant d'acquiescer et de se mettre à chanter sa toute nouvelle chanson, celle qu'elle a interprétée dans la cafétéria.

Gênée, Mitchie s'arrête de chanter après trois couplets.

— Ce n'est pas très bon, convient-elle.

Peggy la regarde comme si elle était folle à lier.

— Au contraire, c'est super bon, n'est-ce pas, Tess ?

— Tout à fait, acquiesce Tess d'une voix mielleuse à souhait.

Puis, elle lance le cahier de Mitchie sur le lit – d'un geste agacé.

CHAPITRE
SIX

Il est tôt et la douce lumière du jour naissant entre par les interstices du mur du chalet Vibe, tandis qu'à l'extérieur, on entend les oiseaux pépier gaiement.

Le silence est subitement interrompu par la sonnerie étouffée du réveille-matin de Mitchie. Celle-ci glisse sa main sous l'oreiller pour couper la sonnerie du réveil. Elle jette un regard circulaire. Seule Ella a bougé, mais s'est vite rendormie.

Mitchie saute du lit, enfile ses vêtements et se met à marcher sur la pointe des pieds pour ne pas réveiller les filles. Son genou heurte accidentellement le lit d'Ella.

Ella lève la tête et plisse les yeux.

— Mitchie ?

— Tu rêves, Ella, que tu es une reine du rock, lui murmure tout doucement Mitchie.

— OK, lui répond Ella en souriant béatement avant de laisser retomber la tête sur son oreiller.

Mitchie soupire de soulagement, sort de la cabine et prend la direction de la cantine. Elle a du travail à la cuisine.

Un peu plus tard, une file de campeurs affamés s'est formée devant la porte de la cantine. Mitchie sort par la porte arrière sans se faire remarquer, puis elle se joint à la file impatiente. En entrant dans la cafétéria, elle cherche une place libre. Elle en voit une à la table de Caitlyn, Lola, Barron et Sander. Barron lui fait signe d'approcher.

— Salut, dit-elle en se glissant à côté de Caitlyn.

— Tu frayes avec la plèbe maintenant? lui lance-t-elle.

— Quoi? fait Mitchie, décontenancée par le ton vindicatif de Caitlyn.

À ce moment-là, Tess, Peggy et Ella font leur entrée à la cafétéria.

— Salut, Mitchie, crie Tess, viens par ici.

Mitchie jette un œil à Caitlyn.

— Tu ferais mieux d'y aller, ironise Caitlyn, il ne faut pas faire attendre la reine.

Tandis que Mitchie se lève, Caitlyn lui demande à brûle-pourpoint :

— Et ta musique est-elle bonne?

— Je ne sais pas, je crois que oui, lui répond Mitchie qui ne voyait pas où elle voulait en venir.

— Un conseil, reprend Caitlyn, si tu veux être amie avec Tess, tu as intérêt à ne pas la surpasser en musique.

Tess, à l'autre bout de la salle, fait de grands signes en direction de Mitchie.

— À plus, ajoute Caitlyn froidement.

Ne sachant que dire, Mitchie se dirige vers la table de Tess, qui s'empresse alors de l'interroger.

— Que s'est-il passé ce matin ? lui demande Tess, suspicieuse.

— Je suis une lève-tôt, lui explique Mitchie en se fourrant un morceau de pain dans la bouche avant que Tess lui pose d'autres questions.

Entre-temps, le réveille-matin de quelqu'un d'autre n'a pas sonné ce matin-là. Shane n'avait d'ailleurs pas pris la peine de le régler. Il a été brutalement tiré de son sommeil par son oncle, qui a soulevé sa couverture.

— Mais qu'est-ce qui se passe ? balbutie Shane.

— Lève-toi et marche, superstar, lui répond Brown, alors que son neveu grognait et cherchait à s'enfouir la tête sous l'oreiller. Ne me pousse pas à faire ce que je m'apprêtais à faire.

Comme Shane ne fait aucun effort pour se lever, Brown lui lance un verre d'eau.

— Ça va, je me lève, dit Shane en se redressant dans le lit, tout à fait réveillé maintenant.

— Nous devons tous deux faire la classe ce matin, indique Brown, ton cours débute dans cinq minutes.

Dans l'une des pièces communes, des rangées de chaises ont été installées et rangées face à un grand piano.

Assise au premier rang en compagnie de Tess, Ella et Peggy, Mitchie ne peut s'empêcher de se sentir cool. Lola et certains de ses amis chantent et pianotent avant que la classe débute.

Lola appuie sur une touche et s'agite.

— Est-ce un *ré* bémol ou un *ré* dièse ? demande-t-elle à ses amis.

Tess murmure à l'oreille de Peggy :

— Elle s'est drôlement améliorée depuis l'an passé.

— Est-ce que tu aurais peur ? lui répond Caitlyn qui, de son siège du deuxième rang avait entendu la remarque de Tess.

— Peur de quoi ? d'attraper ton manque de goût vestimentaire ? lui répond Tess du tac au tac.

Caitlyn accueille cette insulte avec un petit sourire en coin.

— Est-ce que quelqu'un a vu Shane Gray ? demande Mitchie en jetant un regard circulaire.

— C'est dans cette classe qu'il a peaufiné son style, lui affirme Peggy.

Les yeux de Mitchie s'agrandissent de surprise. Le camp est un endroit si captivant.

Quant à Ella, elle a des préoccupations nettement plus terre à terre.

— Les filles, est-ce que mon brillant à lèvres perd de son éclat ?

Impatient, Andy se met à battre la mesure sur le bureau. Barron et Sander se joignent à lui et ils sont tous les trois tellement pris par la musique qu'ils ne remarquent pas l'arrivée du professeur Brown.

— Vous n'avez pas perdu de temps pour casser la baraque, s'écrie ce dernier.

Ces propos font rire les jeunes qui reprennent leur place.

— Voyons voir ce que vous avez dans le ventre, déclare Brown. Qui veut chanter le premier ? Disons..., dit-il en examinant la pièce alors que toutes les mains étaient levées sauf celle de Mitchie..., Vous.

— Moi ? demande Mitchie en regardant derrière elle.

— On ne peut discuter, pas avec ce doigt, ironise Brown.

Mitchie hésite.

— Je vais chanter à sa place, propose Tess.

— Non, lui répond Brown, c'est elle que ce doigt a désignée.

Mitchie est de plus en plus mal à l'aise.

— OK, je vais chanter, déclare-t-elle en se levant et en se tournant vers la salle.

— Laissons-la s'exécuter, conclut Brown en se croisant les bras.

Mitchie se met à chanter très doucement.

— Je sais que vous chantez un solo, mais vous chantez si bas que je ne vous entends pas. Chantez plus fort.

Mitchie acquiesce et chante plus fort. Tout le monde, Brown aussi, est impressionné par la qualité de sa voix.

— Elle est extraordinaire, murmure Ella à Tess et Peggy.

Tess fusille du regard sa comparse.

— Très bien, commente Brown lorsque Mitchie a terminé de chanter.

— Est-ce une chanson originale ?

Mitchie sent ses joues s'empourprer, les yeux rivés à ses tongs.

C'est une de mes compositions, mais...

Pas de mais, c'est un très bon texte, enchaîne Brown.

Mitchie se rassoit, un grand sourire aux lèvres. Décidément, les choses se présentent bien.

— J'ignorais que tu avais autant de talent, lui confie Peggy après la classe.

— Tu es super géniale !

— Oui, tout à fait, approuve Ella. Ce qui fait rougir Mitchie de plaisir.

Tess, étrangement silencieuse depuis la prestation de Mitchie, prend enfin la parole.

— Je pense que tu devrais chanter avec nous pour le concours *Jam Final*. Tu ferais une choriste absolument extraordinaire... Nous n'avons jamais demandé à personne de se joindre à notre groupe. Mais toi ? C'est quand tu veux ! Alors, c'est oui ?

— Bien... je pense plutôt chanter en solo, bégaie Mitchie.

— En solo ? demande Tess en feignant l'horreur. Tu es bien courageuse.

Mitchie ravale et se demande où Tess veut en venir.

— Je suis sûre qu'au début je serais un peu nerveuse, mais...

— Devant tous ces gens, continue Tess, oui, je suis certaine que tout ira bien. Ce n'est pas la première fois...

— La première fois que quoi ? demande Mitchie, dont le cœur bat plus fort.

Lorsque Tess mentionne que Mitchie aura à chanter devant un public autrement plus important que celui de la classe, Mitchie sent son estomac se nouer.

— Peut-être devrais-je faire partie d'un groupe, conclut-elle.

Tess réprime un sourire.

— Si c'est ce que tu penses.

Mitchie hoche la tête.

— Oui, ça va être amusant, assure-t-elle pour se convaincre.

Puis, Mitchie consulte sa montre et voit qu'elle est en retard.

— Je dois partir, lance-t-elle en se dirigeant vers la cafétéria.

— Où vas-tu ? l'interroge Tess.

— Je dois téléphoner à ma mère, heure de Chine !

Mitchie doit mettre les couverts pour le dîner.

Connie est au travail lorsque Mitchie fait irruption dans les cuisines.

— Excuse mon retard, lui dit-elle, hors d'haleine.

— Ça va mon chou, lui répond sa mère en lui offrant sa joue pour un bisou. La dernière fournée de biscuits est en train de cuire. Tu peux commencer à nettoyer.

Connie s'empare d'une pile de boîtes et se dirige vers la cave.

— Je vais porter ces boîtes au local de stockage.

Mitchie nettoie le comptoir et range un sac de farine dans l'armoire du bas. En se penchant, elle entend quelqu'un entrer dans la pièce.

— Allô, il y a quelqu'un ? fait une voix masculine.

Mitchie se fige sur place. Elle ne peut plus se relever. Si elle le fait et que la voix appartienne, comme elle le craint, à un campeur, on découvrirait qu'elle a menti. Elle se recroqueville derrière le comptoir en tâchant de ne faire aucun bruit, mais un léger craquement du parquet la trahit.

— Oui, bonjour, répète la voix.

Le plancher craque de nouveau et Mitchie a envie de rentrer sous terre.

— Je vous entends, dit la voix.

Paniquée, Mitchie plonge sa main dans la farine et badigeonne ensuite son visage. Elle prend une grande respiration et se lève. Lorsqu'elle voit le propriétaire de cette voix, elle a le souffle coupé ! Shane Grey est devant elle, en chair et en os.

— Travaillez-vous ici ? demande-t-il, gêné.

— Oui, lui répond Mitchie, l'estomac noué.

Elle se résigne au fait que tous apprendront qu'elle a menti à propos de sa mère qui n'est pas la directrice de Hot Tunes TV en Chine, mais plutôt aux commandes de la cuisine.

Shane, en remarquant le visage enfariné de Mitchie, hausse un sourcil :

— On peut dire que vous avez votre métier dans la peau. Je suis Shane Grey et je suis certain que même l'assistante en cuisine sait cela.

Mitchie est soulagée. Il ne l'a pas reconnue ! Ce qui, à la réflexion, n'est pas si anormal. Contrairement à lui, son visage ne fait pas la une de tous les magazines.

— Bien sûr, dit-elle avec un sourire, enchantée de faire votre connaissance !

— En fait, commence-t-il d'un ton plutôt ennuyé, mon manager m'a dit qu'il vous avait fourni la liste des aliments

44

auxquels je suis allergique. En tout cas, le petit-déjeuner de ce matin prouve que vous n'en avez pas tenu compte.

— Pardon ? demande Mitchie, d'un ton soudain glacial.

— Quoi ? lui répondit Shane, inconscient d'avoir été désagréable.

— Vous êtes à côté de la plaque, lui affirme Mitchie, une boule de colère remplaçant les papillons dans son estomac.

— Et vous êtes ? la questionne Shane avec arrogance.

— Un être humain, lui lance Mitchie. Il y a des façons de parler aux gens et la vôtre n'est pas la bonne.

Shane est stupéfait. Personne n'a jamais osé lui parler comme ça. Il regarde Mitchie longuement comme pour fixer ses traits dans sa mémoire. Elle détourne les yeux. Par chance, la sonnerie du four retentit alors dans la cuisine, mettant fin à ce silence pesant.

— Bon, euh !... bégaie Shane, toujours impressionné par le cran de Mitchie, je vais demander à mon manager de vous faire parvenir cette liste.

— Parfait, dit Mitchie en se raclant la gorge, attendant qu'il ajoute quelque chose.

— Merci ? ajoute Shane.

— Beaucoup mieux.

Shane quitte la cuisine et Mitchie laisse échapper un soupir de soulagement en enlevant un peu de farine de son visage. Elle vient de faire la rencontre de Shane Gray et elle a survécu, du moins, en quelque sorte.

CHAPITRE
SEPT

Pendant ce temps, dans le chalet Vibe, Tess fait les cent pas, tandis que Peggy et Ella, assises en tailleur sur leur lit respectif, écrivent des lettres à leurs parents et amis.

— Avec Mitchie dans notre groupe, nous allons gagner les doigts dans le nez, assure Ella en mâchouillant le bout de son crayon.

— Une nouvelle choriste ne nous fera pas gagner. Nous devons mettre Shane de notre côté, réplique Tess qui a cessé de marcher de long en large.

S'il est juge du concours *Jam Final* et si elles ont son vote, elles ne pourront pas perdre.

Ses pensées sont interrompues par l'arrivée de Dee.

— C'est la distribution du courrier les filles, dit-elle joyeusement, nous avons ici quelque chose pour...

Tess s'approche alors que Dee fourrage dans le sac contenant du courrier, des colis et des cartes postales. Elle sort deux petits colis.

— C'est pour toi, Peggy ; celui-ci est pour toi, Ella, dit-elle en les tendant aux jeunes filles excitées. Oh ! et voici une carte postale pour toi, Tess !

— Génial, marmonne Tess, l'assistante de ma mère m'envoie une carte postale.

— À plus tard les filles ! leur lance Dee en partant.

Ella et Peggy ouvrent leur paquet pour découvrir tout un assortiment de gâteries.

— Alors, dit Tess, irritée, revenons à notre plan : nous devons trouver une façon de voir Shane le plus souvent possible.

— Pourquoi ne pas suivre tous les cours qu'il donne ? suggère Ella.

— Bien sûr, dit Tess, comme si cette idée venait de l'effleurer. Pourquoi ne pas nous inscrire à tous ses cours ? reprenant à son compte la suggestion d'Ella.

— Allons-nous inscrire.

Tess jette un œil rapide dans le miroir pour vérifier son maquillage puis franchit le seuil de la porte du chalet, Peggy et Ella s'empressent de la suivre.

Shane fixe le petit bout de papier qu'il tient à la main. Il secoue la tête.

— Je n'ai pas besoin d'un chaperon, oncle Cesario.

Brown laisse échapper un soupir d'exaspération.

— Compte tenu de la façon dont tu t'es comporté à ton cours hier, crois-moi c'est indispensable.

— Je n'ai pas cherché à être ici. Téléphone à mon manager.

— Qu'est-ce qui t'arrive ? Où est passé le gars que j'ai connu, je ne te parle pas de celui qu'on voit à la télé, mais de celui-ci, dit Brown en tapotant la poitrine de Shane à l'emplacement du cœur. Qu'est-il arrivé à ce jeune qui aimait tant la musique ?

Shane évite de regarder son oncle dans les yeux.

— Il a grandi, lui répondit-il avec une pointe d'amertume.

— La belle affaire. Arrête de tout ramener à ta petite personne, lui dit Brown, étonné du tour que prend la conversation.

— Dans mon monde, c'est ainsi que cela se passe, lui répond Shane qui se souvient à peine du temps où les gens ne cherchaient pas à exaucer le moindre de ses désirs.

— Tu es dans *mon* monde, contre-attaque Brown, et dans *mon* monde, tu es professeur dans ce camp dont le travail est d'apprendre aux autres, et ça commence par la danse hip-hop à 14 h.

Sur ce, Brown pose un regard sévère sur son neveu et quitte les lieux.

Au studio de danse du camp, certains campeurs s'amusent, dansent et s'exercent librement. Quant à Tess, Ella et Peggy, elles attendent que la classe commence pour répéter leurs mouvements.

— Rappelez-vous, lorsqu'il arrivera, adoptez un comportement cool, chuchote Tess à ses acolytes, en s'appuyant de façon décontractée contre les miroirs et en faisant semblant de frissonner.

— Lorsque qui arrivera ? demande Mitchie en essayant de reprendre son souffle.

— Shane, bien entendu, lui répond Ella.

Le visage de Mitchie se fige.

— C'est lui qui donne ce cours ?

Génial, pense-t-elle. Surtout, s'il se rappelle notre rencontre à la cuisine !

Ella jette un œil sur Mitchie. Elle fronce les sourcils.

— Pourquoi as-tu de la farine dans les cheveux ?

Vite ! Il faut que Mitchie pense vite !

— Heu, c'est de la poudre chinoise. Super, n'est-ce pas ?

À cet instant, Shane entre dans le studio. Se souciant à peine d'écouter les noms des étudiants, il marche vers la stéréo et pousse la touche PLAY. Une musique envahit la pièce. Shane se lance dans une chorégraphie compliquée.

— Il appelle ça enseigner ? murmure Mitchie alors qu'elle essaie de reproduire les pas.

— C'est une façon d'éliminer les faibles, clame Tess avec autorité.

Mitchie soupire et se met à suivre le rythme. Contrairement à beaucoup de campeurs, elle n'a pas de difficulté à suivre, jusqu'à ce que Shane lui fasse un sourire. L'a-t-il reconnue ? Cette pensée la déstabilise, la fait trébucher et la projette contre Tess.

— Hey ! crie Tess.

— Désolée, lui répond Mitchie en essayant de reprendre le rythme.

Tout près d'elle, Andy, dont les baguettes dépassent de sa poche, a autrement plus de difficulté que Mitchie. Ses mouvements sont complètement désordonnés.

— Huit ! Et un et deux et trois et quatre.

Shane continue à battre la mesure, horrifié par leur manque de coordination.

— Arrêtez, arrêtez ! crie-t-il en poussant le bouton STOP de la chaîne stéréo.

— Ce pauvre Andy, il est complètement décalé, lance Tess.

Certains des jeunes rient, mais Shane ne s'est aperçu de rien.

— Hé ! toi, dit Shane en montrant les baguettes dans la poche d'Andy, est-ce que tu es bon batteur ?

En guise de réponse, Andy brandit ses baguettes et se met à jouer, sur un banc, un rythme entraînant. Shane hoche la tête, impressionné.

— Il ne reste plus maintenant qu'à faire passer ce sens du rythme, des baguettes aux pieds, plaisante Shane.

Andy sourit. Mitchie aussi. Après tout, ce comportement d'enfant gâté et cette image de pop-star ne sont peut-être qu'une façade derrière laquelle se cache le véritable Shane Gray ?

CHAPITRE HUIT

Tôt ce matin – une fois encore – l'alarme du réveil se fait entendre. Mitchie pense se faufiler hors du chalet sans réveiller les filles, mais sa sortie ne passe pas inaperçue. De son lit, Tess surveille Mitchie en se demandant ce qui se passe.

Au milieu de la matinée, Mitchie est fatiguée. Sa double tâche et ses réveils très matinaux commencent à se faire sentir. Elle sort encore une fois en catimini par la porte arrière de la cuisine pour se placer dans la file d'attente à l'entrée principale avant d'aller rejoindre Tess, Ella et Peggy en train de déjeuner.

— Où étais-tu ce matin ? interroge Tess comme si elle la soupçonnait d'une trahison.

Avant de pouvoir répondre, Mitchie voit sa mère qui s'approche de leur table.

— Oh non ! murmure-t-elle.

— Bonjour les filles, fait Connie en souriant.

— Bonjour, lui dit Tess.

— Très bon déjeuner, enchaîne Mitchie en tentant désespérément d'établir un lien télépathique avec sa mère pour l'empêcher de la compromettre.

— Comment le sais-tu, il n'y a presque rien dans ton assiette.

Mitchie la regarde en la suppliant de se montrer conciliante. Connie comprend et laisse tomber le sujet.

— Des glucides le matin, poursuit Tess, il vaut mieux s'en passer.

— Oui, acquiesce Mitchie.

Connie réprime un sourire.

— Je voulais simplement faire la connaissance des nouvelles amies de Mitchie.

Mitchie les présente :

— Voici Tess, Peggy, Ella.

— Bonjour, dirent Peggy et Ella à l'unisson.

Tess montre peu d'empressement.

— Oui, c'est ça, bonjour, fit Tess en se retournant pour ne plus perdre de temps avec la cuisinière.

L'attitude de Tess étonne Connie.

— Bon, il semble que vous soyez très occupées. Je vous reparlerai plus tard, leur annonce Connie avant de s'éloigner.

— Alors, qu'est-ce qui se passe entre toi et cette cuisinière ? La connais-tu ? demande Tess à Mitchie.

— Quoi? Tu ne la connais pas? Elle a fait la cuisine pour *tout le monde* de Jessica à Nick et Pharrel, avant leur séparation.

— Vraiment? dit Ella en regardant son assiette d'un tout autre œil.

— Tu veux dire que Jessica a déjà mangé de ces œufs? s'émerveille Peggy.

Mitchie hoche la tête, tandis que Peggy et Ella dévorent leurs petits-déjeuners.

Retenant un soupir de soulagement, Mitchie porte sa fourchette à ses lèvres – son secret est protégé pour le moment.

— Tes amies semblent bien gentilles, confie Connie à Mitchie un peu plus tard dans l'après-midi, et Tess semble, disons, intéressante.

— Elle est très bien quand on la connaît mieux, lui répond Mitchie en fronçant les sourcils.

Connie fait la moue et ajoute :

— C'est tout simplement qu'elle ne semble pas être ton genre de personne. Tu as toujours été...

— Invisible, tranche Mitchie.

— J'allais dire indépendante, complète Connie en s'apprêtant à en dire plus, mais elle est interrompue par la sonnerie du four.

— Dépêche-toi de finir de peler les pommes de terre si tu veux assister au feu de camp, lui conseille Connie.

Mitchie s'active.

Dans le chalet qu'il partage avec son oncle, Shane gratte sa guitare. Il joue une mélodie qui lui trotte dans la tête depuis le jour où, à l'extérieur de la cantine, il avait entendu Mitchie chanter.

Brown apparaît dans l'encadrement de la porte.

— C'est bien, ça ressemble à tes premières compositions, dit-il en souriant.

— Oui, je pense que le groupe devrait changer de son. Faire quelque chose d'un peu différent, lui répond Shane en continuant à jouer de la guitare.

Son oncle est d'accord. C'est un premier pas dans la bonne direction et, ne voulant pas tenter le destin, il change de sujet :

— Viendras-tu au feu de camp ?

— Ouais ! raille Shane.

— Tu n'as qu'à rester seul, superstar, ajoute Brown, déçu encore une fois par son neveu, avant d'aller rejoindre le groupe des campeurs.

Shane continue à jouer de la guitare assis sur son lit, enfin seul. Ce n'est pas qu'il ne veuille pas se joindre aux autres, mais son ego le bloque toujours.

À l'autre bout du campement, les flammes du feu montent vers le ciel étoilé.

Sur la scène qui jouxte le site, Dee s'adresse à la foule.

— Ce soir, nous fêtons ce que nous avons baptisé le Jam du feu de camp. Cette fête célèbre l'expression, la liberté d'être ce que vous êtes.

Cette remarque est accueillie par une salve d'applaudissements et de cris de joie.

— À qui l'honneur ? demande Dee.

Toutes les mains se lèvent et, bientôt, le premier numéro se produit sur scène.

Tess, Peggy et Ella se tiennent en coulisse, attendant leur tour.

— Où est Mitchie ? demande Peggy.

— Je suis là ! répond Mitchie en courant rejoindre le groupe.

Brown s'approche et leur dit :

— Vous êtes les suivantes. Bonne chance !

Alors que Brown se tourne pour parler à Dee, il remarque la présence de son neveu. Shane est adossé contre un arbre, en retrait du feu de camp, les mains enfoncées dans les poches. C'est un petit pas, mais un pas tout de même. Brown sourit.

— OK, dit Tess, allons-y.

La foule suit avec attention la montée sur scène de Tess, Mitchie, Ella et Peggy. Tess fait un pas en avant et tapote sur le microphone, qui émet un long gémissement. Apercevant Shane, elle couvre le micro de sa main et murmure :

— Il nous regarde, pas de bêtises !

Puis, elle donne le signal à Barron et Sander, à la régie, de commencer.

Tess chante fort et avec beaucoup d'intensité, comme toujours, les yeux constamment fixés sur Shane. Derrière elle, Mitchie, Ella et Peggy se trémoussent en lançant des « ohhh! » et des « ahhh! ».

La chanson terminée, la foule les applaudit longuement. De son observatoire, Shane garde les mains dans ses poches.

Ses pensées sont interrompues par la conversation de deux garçons qui ne l'ont pas vu dans l'ombre.

— Shane Gray est dépassé.

— Pas si tu aimes les niaiseries de vedette à la noix, lui répond le second garçon.

— J'ai entendu dire que sa maison de disque voulait rompre son contrat, reprend le premier.

— Tant mieux pour mes oreilles!

Ils éclatent de rire sans savoir que Shane a tout entendu. Mortifié, celui-ci quitte les lieux.

Tess voit Shane s'éloigner et se demande s'il a détesté leur numéro. Ce n'est ni le moment ni l'endroit pour réfléchir à cette question, se dit-elle en descendant de la scène et en butant contre Caitlyn qui attend en coulisse avec son portable.

Le regard de Mitchie croise celui de Caitlyn et cette dernière en profite pour lui lancer :

— Alors, tu as aimé ton expérience de choriste?

58

Mitchie ne lui répond pas et passe son chemin, tête basse, les mots de Caitlyn résonnant toujours dans ses oreilles.

Le lendemain, en passant par les sentiers qui mènent au lac, Mitchie repense encore à la remarque de Caitlyn. Soudain, elle entend chanter une bonne chanson. Se dirigeant vers la voix, elle arrive devant le chalet du directeur. Shane est assis sur une marche en train de jouer de la guitare. En entendant des pas, il s'arrête.

— C'est possible d'avoir la paix ? grogne-t-il.

En relevant la tête, il voit que l'intrus est en fait une intruse, l'une des filles de sa classe de hip-hop.

— Désolée, lui répond Mitchie en faisant le geste de se retourner avant de se raviser. Cette chanson est-elle de vous ? Elle semble différente de votre répertoire habituel.

— Différente des niaiseries de vedette à la noix que j'écris habituellement ? dit-il en reprenant mot pour mot ce que les gars au feu de camp avaient dit. Désolé de vous décevoir, reprend-il en recommençant à jouer.

— Non, au contraire. C'était très bon, pour des niaiseries de vedette à la noix, ajoute prestement Mitchie.

— Merci, vous savez comment rassurer un gars, sourit-il en déposant sa guitare.

— Je croyais que vous aimiez le son que vous aviez mis au point ici même au Camp Rock. Vous êtes une légende vivante.

Shane laisse échapper un long soupir.

— Oui, une légende… Je joue la musique que la maison de disque m'impose, la musique qui se vend le mieux.

— Vous ne croyez pas que cette chanson se vendrait bien ? s'informe Mitchie.

Shane met un certain temps avant de répondre :

— Je l'ignore.

— Bien, reprend Mitchie, vous ne le saurez jamais si vous n'essayez pas. Au fait, je connais au moins une fille qui achètera bien volontiers cette chanson !

Puis, Mitchie disparaît au bout du sentier.

CHAPITRE NEUF

La vie poursuit son cours au Camp Rock. Mitchie, Tess, Ella et Peggy vont à leur table en portant leurs plateaux. Elles passent devant Caitlyn qui travaille sur son portable et qui allonge distraitement les jambes dans l'allée.

Tess voit l'obstacle, mais il est trop tard. Elle trébuche et se redresse tant bien que mal, évitant de peu de renverser le contenu de son plateau.

— Oups ! Je te dirais bien que je suis désolée, lui dit Caitlyn, mais, en fait, je ne le suis pas du tout.

— Je te répondrais bien, mais...

Les mots de Tess planent comme une menace : ce qu'elle s'apprête à dire est trop horrible pour être même prononcé.

— Mais tu lui réponds que tu ne lui répondras pas, lui fait remarquer Ella avec justesse.

— Tais-toi, persifle Tess.

Tess se remet à marcher, mais, ce faisant, son plateau penche dangereusement. Un peu de nourriture atterrit sur le pantalon de Caitlyn.

— Eh! tu l'as fait exprès, s'écrie Caitlyn en balayant de la main la nourriture qui tache son pantalon.

— Ça n'a pas vraiment d'importance. Rien ne se voit sur cet imprimé hideux.

Elle penche de nouveau son plateau et verse de la nourriture sur les cuisses de Caitlyn.

— Tu vois, rien n'y paraît…

Caitlyn en a assez. Attrapant les nouilles de son assiette, elle lance les spaghettis sur Tess.

— Arrêtez, les filles, supplie Mitchie en tâchant de mettre un terme à l'incident avant que les choses ne s'aggravent.

Les spaghettis lancés par Caitlyn manquent leur cible et atteignent Mitchie.

— Je ne peux pas croire que tu aies osé faire cela, renchérit Tess.

Mais Caitlyn refait son geste en touchant sa cible cette fois. Elle rit aux éclats.

Son rire cesse brusquement lorsqu'une voix familière se fait entendre.

— Et moi non plus, conclut Brown.

Mitchie, Tess et Caitlyn se retournent et voient un directeur très très mécontent. Il leur fait signe à toutes les trois de le suivre à son bureau.

Une fois sur place, le directeur se met à faire les cent pas devant les filles debout devant lui, toujours recouvertes de nourriture dégoulinant sur le sol.

62

Finalement, après ce qui leur a paru une éternité, Brown s'immobilise, soupire avant de leur ordonner de le mettre au courant.

Caitlyn et Tess se mettent à jacasser en même temps.

— Elle a toujours été jalouse de moi. Elle ne peut pas supporter le fait que je vais probablement remporter le concours et elle s'est mise à me lancer de la nourriture. Je vais demander à mon père de la poursuivre, elle a sali mes chaussures de marque ! raconte Tess dans un seul souffle.

— Elle est insupportable. Elle se pavane comme si le monde lui appartenait et pourquoi ? Parce que sa mère a reçu quelques Grammy. Alors lorsque la nourriture est tombée sur moi, j'ai perdu les pédales, crie Caitlyn, en même temps que Tess.

— Ça suffit ! ordonne Brown sur un ton qu'elles ne connais-saient pas.

— Qui a lancé de la nourriture la première ?

— La réponse est facile, dit Tess, c'est Caitlyn, bien sûr.

Caitlyn se tourne vers Mitchie en lui demandant en silence de rétablir les faits. Les yeux de Mitchie sont rivés au sol.

— C'est vrai techniquement, commence Caitlyn, mais...

— Pas de mais, réplique Brown en l'interrompant. Comme vous aimez vous amuser avec la nourriture, je vous annonce que vous venez de gagner un emploi à la cuisine. Dorénavant, vous êtes de service à la cuisine.

— Quoi ? fit Mitchie.

Si Caitlyn venait travailler à la cantine, elle découvrirait la vérité. Elle se reprend lorsqu'elle constate que tout le monde a les yeux fixés sur elle.

— Je veux dire ouffff !

— Mais… objecte Caitlyn.

Brown lève la main.

— Plus de mais. C'est réglé.

Sur ce, il sort du bureau en laissant, dans son sillage, deux filles contrariées et une autre, ravie de sa victoire.

Le lendemain, Mitchie se retrouve avec un sac plein de croustilles à la main, dévalant à toute vitesse l'un des sentiers du camp. Les yeux fixés au sol, elle n'a pas remarqué la présence de Shane jusqu'à ce qu'elle tombe sur lui.

Shane la regarde, puis regarde les croustilles et la regarde de nouveau. Un grand sourire aux lèvres.

— Un petit creux ? se moque-t-il.

— Oui, dit-elle en lui rendant son sourire.

Un ange passe tandis que Shane et Mitchie se tiennent tous deux debout en se souriant, mais en ne sachant pas trop quoi se dire.

— D'abord, j'aimerais qu'on se tutoie, d'accord ?

— Oui, bien sûr, lui répond Mitchie

— Tu as une minute ? lui demande Shane, je voudrais te faire écouter quelque chose.

Mitchie regarde le chemin qui mène aux cuisines en se disant qu'elle devra y aller le plus tôt possible. Puis son regard revient se poser sur Shane.

— Oui, lui répond-elle, en se disant qu'elle peut bien lui consacrer une minute de son temps. Après tout, il s'agit de Shane Gray.

Il lui indique un endroit hors du sentier et Mitchie le suit, son sac de croustilles à la main.

Un peu plus tard, elle a droit à une version acoustique d'une prestation de Shane Gray. Elle écoute la chanson et est impressionnée. Contrairement à ses chansons habituelles, cette musique est envoûtante et unique, à fleur de peau. Shane termine le dernier couplet puis lui dit :

— J'ai entendu une fille chanter et cela m'a rappelé la musique que j'aimais au début.

En fait, Shane est littéralement hanté par la voix de cette fille – et il est loin de se douter qu'elle est en ce moment même devant lui.

— J'ai donc commencé à jouer avec certains accords, ce n'est pas fini, mais... Shane s'arrête tout net, soudain intimidé.

— Non, c'est vraiment excellent, lui rétorque Mitchie.

Cette fille l'a vraiment marqué. Mitchie souhaite être cette fille pour un instant. C'est fou de penser ainsi. Pendant ce temps, Shane est lui aussi perdu dans ses pensées. Il est si habitué à avoir des fans qui hurlent en le voyant qu'il a oublié combien il est agréable de parler avec une fille.

— Pourquoi me regardes-tu ainsi ? rougit Mitchie.

— Je ne sais pas, j'ai l'impression que tu es différente.

Mitchie rit. Shane ne sait pas à quel point elle est différente. Mais aura-t-elle le courage de lui dire la vérité ? Peut-être comprendrait-il. Elle ouvrit la bouche, mais Shane sourit de plus belle et Mitchie changea d'avis.

Non, ce n'est pas le moment. Peut-être plus tard…

Tess se promène sur l'un des chemins tout près de l'endroit où Mitchie et Shane se trouvent. Elle marche d'un bon pas, son téléphone cellulaire collé à l'oreille.

— Oui, merci Cynthia, le camp est super… Oui, dit à ma mère, dès qu'elle sortira du studio, que je lui ai téléphoné et que je l'aime.

Sans surprise, Tess est sans nouvelles de sa mère depuis plusieurs jours. T. J. Tyler est en plein milieu de ses « phases de création » durant lesquelles elle n'aime pas être dérangée.

En refermant le téléphone, Tess a la surprise de voir Mitchie et Shane au milieu du bois, ensemble en train de converser.

— Bon, je ferais bien d'y aller, dit Mitchie.

— Où ça, à la cuisine ? demande Shane.

— Oui, lui répond Mitchie, sans y penser.

— Pour faire un peu de trempette avec les croustilles.

— Oui, c'est ça.

Ils rient comme de vieux amis réagissant à une blague connue d'eux seuls.

Mitchie sent son cœur s'emballer. C'est bon signe, très bon signe.

De l'autre côté du sentier, Tess les observe. C'est mauvais signe, très mauvais signe.

CHAPITRE DIX

— Bonjour Maman, fait Mitchie d'un ton rêveur en faisant irruption dans la cuisine. Comment vas-tu ?

Connie, en train de hacher une laitue, relève la tête.

— Je vais bien, dit-elle, amusée par l'humeur de sa fille, et toi, comment vas-tu ?

— Ça va super bien, extraordinairement bien à vrai dire, lance-t-elle en attachant son tablier, je vais...

— ... mettre ces croustilles dans des bols, lui recommande sa mère.

— Oui, tout de suite, lui répond Mitchie comme Caitlyn faisait son entrée.

— Caitlyn, dit Connie, je te remercie de venir plus tôt. Nous n'aurons pas assez de six bras pour le dîner taco.

— Six ? Qui est la troisième personne ? demande Caitlyn.

— Ma fille, explique Connie. Peux-tu commencer par couper les oignons ? Brown va me parler du menu du feu de camp qui aura lieu la semaine prochaine.

— Bien sûr, lui répond Caitlyn en passant un tablier et en s'efforçant d'avoir l'air emballé.

En la remerciant, Connie s'éclipse, alors que Mitchie apporte un autre gros sac de croustilles. Mitchie aperçoit Caitlyn la première et a juste le temps de lever le sac de croustilles devant son visage.

— Bonjour, vous devez être la propriétaire du cinquième et du sixième bras, lui dit Caitlyn en plaisantant. Je ne savais pas que Connie avait une fille. Je me présente, Caitlyn.

Mitchie garde le silence de peur que sa voix ne la trahisse. Le sac de croustilles salue donc silencieusement la nouvelle recrue à la cuisine pendant que Mitchie essaie de se trouver une porte de sortie.

— Vous avez besoin d'aide ? lui demande Caitlyn.

Le sac de croustilles fait signe que non et se rapproche lentement de la porte. Mais Mitchie ne se rend pas très loin. Elle bute contre un seau rempli d'eau savonneuse, et tombe en poussant un hurlement.

— Mitchie ? fait Caitlyn en se frayant un chemin parmi les croustilles qui recouvrent le sol.

Mitchie ne répond rien. Elle n'aurait pas su quoi lui dire pour se justifier.

— Attends une minute, dit Caitlyn en comprenant ce que tout cela signifiait. Tu es la fille de la cuisinière. Tu n'es donc pas ce que tu prétends être.

— Alors, qu'est-ce que tu attends pour me dénoncer à tout le monde ?

— Peut-être devrais-je le faire, réplique Caitlyn en se croisant les bras et en regardant Mitchie de haut.

— Bien, vas-y, fais ce que tu veux, déclare Mitchie en se relevant et en balayant en vain de la main les miettes de croustilles qui la recouvrent.

Caitlyn l'observe d'un oeil sévère.

— Combien de temps pensais-tu pouvoir garder ton petit secret ?

— Plus longtemps que ça.

Mitchie se penche pour ramasser les croustilles qui jonchent le sol. La pièce est silencieuse sauf lors d'un craquement occasionnel d'une croustille qui se brise entre les mains tremblantes de Mitchie.

— Pourquoi ? demande Caitlyn.

— Pourquoi voudrais-tu savoir, lui répond sèchement Mitchie, je sais que cela ne te fait ni chaud ni froid.

— Effectivement, mais, si je dois raconter l'histoire, j'aimerais connaître tous les éléments.

Les yeux de Mitchie se referment.

— Je voulais simplement faire partie du groupe, ok ?

Combien il aurait été doux que la terre s'entrouvre à cet instant même et l'engloutisse à tout jamais.

— Je pense que ta petite comédie est stupide et imma- ture, lui explique Caitlyn. À quoi bon se cacher derrière un tel mensonge ?

— Tu te caches, toi aussi, lui répond Mitchie, soudainement sur la défensive. Ton attitude décontractée pas si décontractée. Pourquoi es-tu ici devant moi ?

Pendant un moment, un courant de sympathie et de connivence passe entre les deux filles, mais est vite interrompu par l'arrivée de Connie. Celle-ci, en voyant que Mitchie est toute trempée, s'écrie :

— Que s'est-il passé ?

— Elle s'est engluée dans le mensonge, marmonne Caitlyn.

— Comment ? insiste Connie.

Mitchie observe Caitlyn du coin de l'œil en attendant l'instant où celle-ci crèverait l'abcès en apprenant à sa mère que sa fille avait honte d'elle et qu'elle avait menti sur sa profession à tout le monde au camp.

Caitlyn croise le regard de Mitchie :

— Oh ! rien, fait Caitlyn en quittant la cuisine.

Tess, attablée devant son assiette intacte, feuillette le der- nier numéro d'une revue sur les célébrités. Une photo de Shane attire son attention et elle lit la légende qui l'accompagne.

— Voilà, on le dit, je suis le type de filles de Shane. Ce n'est qu'une question de temps.

Caitlyn, qui passait par là, jette un coup d'œil à la revue aux pages glacées et lit la description de ce que Shane recherche chez une fille.

— Chaleureuse, amusante, talentueuse, lit-elle à voix haute, puis se tournant vers Tess : et c'est toi ?

Les yeux bleus aussi froids que de la glace de Tess fixent Caitlyn avant de refermer la revue. Satisfaite de l'effet produit, Caitlyn prend place à la table voisine et allume son ordinateur.

— Hé ! les filles ! quoi de neuf ? dit Mitchie en prenant place à côté de Peggy et Ella.

— Ce serait plutôt à nous de te poser la question, lui répond Tess en se croisant les bras, on ne sait jamais ce que tu fabriques.

— Ah oui ? répond Mitchie feignant l'ignorance.

— Hé ! Mitchie, annonce Ella en lui sauvant involontairement la mise, tu sais, après le camp, on pourrait vous rendre visite, à toi et à ta mère, en Chine ?

— Oui, bien sûr, bredouille Mitchie.

Elle aperçoit Caitlyn assise seule, à portée de voix, qui la fixe. Mitchie s'attend à ce qu'elle dise quelque chose, mais elle reste silencieuse... du moins, pour le moment.

Tess, qui a apparemment surmonté son agacement, se tourne vers le groupe :

— Bon, ce soir c'est la Pyjama Partie. Donc nous porterons toutes des t-shirts verts et des shorts blancs.

Mitchie est enfin au Camp Rock ! Le seul inconvénient ?
Elle doit aider sa mère à la cuisine.

Tess, la diva du Camp Rock, est déterminée à gagner
le concours *Jam Final* – et le cœur de Shane Gray.

Lorsque Mitchie chante sa chanson en classe,
Brown lui confirme qu'elle casse la baraque !

Shane Gray, le chanteur vedette du groupe Connect Three,
a de sérieux problèmes de comportement.

Shane montre en classe quelques-uns des pas
qui ont fait sa célébrité.

Tess découvre le secret de Mitchie ! La mère de Mitchie n'est pas
une grande productrice de disques, elle est la cuisinière du camp !

Shane se demande s'il réussira à retrouver
cette mystérieuse voix.

Mitchie est démasquée ! L'été s'annonce chaud pour Mitchie,
alors que Tess s'est empressée de révéler son secret à tout le monde.

Tess accuse Mitchie et Caitlyn de lui avoir volé son bracelet
à breloques. Les deux amies sont donc exclues du concours *Jam Final*.

N'ayant rien de mieux à faire, Caitlyn souffle des ballons
pour la soirée *Jam*.

Shane parle de la mystérieuse jeune fille
à la voix magnifique à son oncle Brown.

Shane et Mitchie connaissent enfin leur moment de gloire.

— Eh bien quoi? ajoute-t-elle en réaction à leurs yeux interrogateurs, le vert est la couleur préférée de Shane. Je l'ai lu dans la revue.

La Pyjama Partie bat son plein. Les campeurs portent tous des vêtements de nuit : des chemises de nuit, des pyjamas, des caleçons boxeur, un des garçons porte même une grenouillère molletonnée. Au milieu de tout ça, un couple de moniteurs termine un pas de danse complexe qui reçoit un tonnerre d'applaudissements de la foule.

Tandis que l'ovation diminue doucement, Mitchie apparaît, habillée de son costume de scène : t-shirt vert et short blanc. Alors qu'elle cherche ses copines dans la foule, elle passe devant Caitlyn.

— Les autres lemmings sont là-bas, ironise Caitlyn en montrant du doigt Ella et Peggy portant le même uniforme.

Mitchie se sent mal à l'aise. Elle déteste mentir, mais que peut-elle y faire? Si son secret vient à se savoir...

— Écoute, Caitlyn, à propos de...

— Épargne ta salive, Mitchie, si c'est vraiment ton nom, d'ailleurs.

Découragée, Mitchie va rejoindre Peggy et Ella. Les trois filles rient du pyjama que porte Brown quand Tess apparaît. Elle ne porte pas la tenue du groupe, mais une nuisette verte.

— Sommes-nous prêtes? interroge-t-elle en ajustant ses fines bretelles.

— Pourquoi ne portes-tu pas le t-shirt et le short ? demande Mitchie, contrariée.

— Oui, nous devions toutes avoir le même costume, renchérit Peggy.

— Les choristes sont habillées de la même façon, pas la chanteuse du groupe, réplique Tess avec impatience.

Peggy s'apprête à répliquer lorsque Dee prend le micro :

— Accueillons Caitlyn.

Une fois sur scène, celle-ci branche son portable sur les haut-parleurs et se met à mixer de la musique et à jouer du synthétiseur. Comme la plupart des campeurs, elle est bonne, vraiment bonne, et Mitchie le constate à haute voix.

Tess ne dit rien et jette des regards noirs vers la scène.

— Hé ! les filles ! Shane la trouve bonne lui aussi, observe Ella.

Les filles tournent la tête et voient que Shane est dans la foule et assiste au spectacle sans se soucier des regards insistants des filles autour de lui.

Le regard de Tess va de Shane à Caitlyn avant de se fixer de nouveau sur Shane.

— Au secours ! hurle-t-elle soudainement, au secours, un serpent !

Tous les regards se tournent vers Tess. Caitlyn, soudainement privée d'auditoire, cesse de jouer. Tess montre du doigt quelque chose d'enroulé près du bord du lac.

— Un serpent ! siffle-t-elle encore une fois.

Dee, qui est accourue aux premiers cris de Tess, se détend lorsqu'elle voit le « serpent » de Tess.

— Voyons Tess, c'est la ligne de nage, fit-elle, irritée.

— Oh ! c'est vrai, avoue Tess en posant la main sur son cœur, c'est ma faute, désolée.

Secouant la tête, Dee retourne sur scène pour présenter le prochain numéro.

Tess se tourne vers Mitchie, Ella et Peggy.

— J'ai vraiment eu l'impression de voir un serpent, signifie-t-elle d'un ton suffisant.

— Menteuse ! lui crie Caitlyn qui a quitté la scène et se tient à côté, les bras croisés et les yeux en furie.

— Quel est ton problème ? lui demande Tess.

— Toi, lui répond Caitlyn bouillonnant de rage. Je sais ce que tu as fait.

— Et dis-moi, qu'est-ce que j'ai fait ?

— Tu es incapable de supporter que quelqu'un d'autre que toi ait du succès, lance Caitlyn, frémissante de colère.

— Tu parles de ton petit numéro minable avec ton ordinateur ? réplique Tess. C'est plutôt ringard, merci.

Peggy et Ella s'esclaffent, tandis que Mitchie reste silencieuse.

83

— Tu me donnes envie de vomir, ajoute Caitlyn en mimant l'action.

— Dégage, tu n'es qu'une *loser* totale, conclut Tess avec un geste de la main.

Peggy et Ella pouffent de rire et, bien qu'elle tente de le cacher, Mitchie voit bien que Caitlyn est blessée. Elle voit aussi que Tess s'en moque royalement, ce qui la choque.

— Eh bien Tess, lance Mitchie, parlant de *loser* totale, il me semble que tu n'as pas de leçon à donner aux autres. Tout le monde sait que tu as perdu le concours, l'an dernier.

Ella et Peggy ne peuvent s'empêcher de rire à cette remarque. Tess, stupéfaite par ce revirement de situation, prend ses cliques et ses claques et quitte les lieux. Caitlyn fait un petit signe de la tête en guise de remerciement en direction de Mitchie.

CHAPITRE ONZE

Le lendemain, Mitchie et Caitlyn s'affairent en silence, dans la cuisine, à souffler des ballons pour la fête thématique qui doit avoir lieu en soirée. Connie entre en brandissant un énorme biscuit rond troué au milieu.

— Dites-moi, est-ce que cela ressemble à un vinyle ?

— Quoi ? dit Mitchie, perplexe.

— Je veux dire à un CD, dit Connie en passant du vingtième au vingt et unième siècle, je veux que les gâteaux aient l'air authentique à côté de mes muffins en forme de notes de musique.

— Tout est parfait, Connie, la rassure Caitlyn en nouant la queue d'un autre ballon.

— Ces soirées thématiques sont les plus chargées. Oh ! il faut que j'aille chercher la crème glacée, ajoute-t-elle, en se précipitant hors de la cuisine.

Les filles gardent le silence jusqu'à ce que Mitchie demande :

— Est-ce que tu t'es inscrite au concours *Jam Final* ?

Caitlyn fait oui de la tête.

— Qu'as-tu l'intention de faire?

Caitlyn lance un regard soupçonneux à Mitchie.

— Tu me rends parano. Pourquoi parlons-nous?

— Je ne sais pas... parce que je suis en train de m'adresser à la plèbe, se moque Mitchie, ou encore, parce que je veux faire *cela*, dit-elle en se levant pour crever l'un des ballons de Caitlyn.

— Hé! se plaint Caitlyn, qui sourit.

Elle attrape un ballon et frappe Mitchie à la tête. Les deux filles se regardent, surprises de leur audace, avant de s'effondrer de rire et de se frapper à coups de ballons.

Leur fou rire s'estompe pour ne devenir que des gloussements satisfaits. Puis, Caitlyn surprend Mitchie en lui disant:

— Je sais que c'est agréable d'être l'amie de Tess.

— Comment peux-tu le savoir?

— Parce que j'ai déjà été son amie, explique Caitlyn. Voyant la mine plutôt incrédule de Mitchie, elle poursuit: je sais que c'est difficile à imaginer.

— Plutôt, oui; que s'est-il passé?

— Tess n'aime pas la compétition et elle a eu l'impression que je la menaçais, soupire Caitlyn. Il n'y a de place que pour une vedette, elle. Je sais que c'est agréable d'être son amie parce qu'elle nous fait nous sentir si importante. Et de plus, elle est populaire, mais quelle importance?

— Allez, dit Mitchie en levant les yeux au ciel, comment peux-tu dire que la popularité n'est pas importante ?

— C'est vrai, il y a des avantages, admet Caitlyn, comme de chanter en tant que choriste pour Tess, comme de ne jamais pouvoir dire ce que l'on ressent vraiment. Oh ! j'oublie le plaisir de porter ces costumes si excitants, dit-elle en riant, c'est vrai, il y a beaucoup d'avantages à perdre son âme.

Mitchie fait le geste d'assommer Caitlyn avec un ballon, mais ses arguments ont porté. Est-ce que la popularité vaut la peine de supporter tous les défauts de Tess ?

— Je suis de ton côté, dit Caitlyn.

Mitchie sourit et puis remarque l'heure à l'horloge murale. Elle se lève d'un bond :

— Flûte ! J'avais rendez-vous… !

Caitlyn lève un sourcil.

— Je dois répéter pour le concours *Jam Final*, rétorque Mitchie, sur la défensive.

Caitlyn fait une révérence irrévérencieuse.

— Bien sûr, il ne faut pas faire attendre sa Majesté.

Mitchie prend ses affaires et part rapidement rencontrer Tess et les filles, les mots de Caitlyn résonnant encore à ses oreilles.

Shane est lui aussi en train de répéter. Il a écrit sans relâche dans sa chambre toute la journée. Depuis qu'il a entendu la chanson de cette fille mystérieuse à la cafétéria, elle lui trotte dans la tête. Distraitement, il se met à jouer la chanson sur sa guitare.

Il est interrompu par la sonnerie de son portable.

L'afficheur indique que Nate tente de le joindre. En prenant l'appel, il entend en bruit de fond des cris et des clapotis. Ses partenaires s'adonnent manifestement aux joies de la baignade.

— Alors, est-ce que j'aurai bientôt mon nichoir ? demanda Jason sur le haut-parleur téléphonique.

À l'autre bout du fil, Shane lève les yeux au ciel. Il n'est pas d'humeur à supporter ce genre d'échanges.

— Les gars…, dit-il.

— Désolés, disent Nate et Jason à l'unisson.

Une fille s'égosille à l'arrière-plan et Shane grimace. Tout le contraire de la voix mélodieuse de cette fille mystérieuse. Soudain, il se rappelle les mots de Nate dans la limousine et un sourire éclaire le visage de Shane.

— À propos d'enregistrement avec un campeur, commence-t-il.

— Il faut absolument que tu le fasses, lui dit Nate, ce n'est pas négociable.

— En fait, j'y ai beaucoup réfléchi, dit Shane, à la grande surprise de son partenaire, et je pense que c'est une bonne idée.

— Tu es sûr que tu vas bien ? lui demande Nate, tu n'aurais pas pris un coup de soleil par hasard ?

— Je vais bien et souviens-toi, qu'importe qui gagne, on ne revient pas sur cette décision.

Shane raccroche avant d'entendre sa réponse.

— Maintenant, je dois retrouver cette fille qui chantait à la cafétéria.

En regardant par la fenêtre, Shane voit Andy qui répète un pas de danse… hum! peut-être pourra-t-il m'aider.

Shane sort du chalet et se dirige vers Andy .

— Hé! l'ami, lui dit Shane, tu veux bien me rendre un service?

Un peu plus tard, Andy chuchote le message de Shane à l'oreille d'une fille.

— *La fille à la voix*, dit-il mystérieusement.

Celle-ci hoche la tête avec empressement, puis se hâte de transmettre le message à ses amies. Vers la fin de l'après-midi, la rumeur circule à plein régime. Shane sourit en passant devant un groupe de campeurs qui chuchote. Il retrouvera la voix mystérieuse – doit-il, pour cela, se servir de son statut de vedette. Si « la voix » sait qu'il la recherche, il ne fera aucun doute qu'elle se précipitera vers lui, n'est-ce pas?

Puis, sortie dont on ne sait d'où, une fille accourt vers lui, s'arrête net et entonne les premières mesures de son premier grand succès populaire.

La chanson terminée, elle lui jette un regard plein d'espoir. Shane sourit, mais secoue la tête. Non, ce n'est pas elle.

Une autre fille s'approche et chante d'une voix de chanteuse d'opéra. De nouveau, Shane secoue la tête.

Bientôt, une file se forme devant Shane. Toutes les filles du camp veulent tenter leur chance. Elles veulent toutes être « la voix mystérieuse ».

Mitchie et Caitlyn qui viennent de sortir de la cantine regardent les filles faire leurs gammes et échauffer leur voix.

—Tu ne te mets pas en file? taquine Caitlyn.

— Non, ce n'est pas moi qu'il recherche. Il ne m'a jamais entendu chanter.

Comment aurait-il pu? s'interroge silencieusement Mitchie, je n'ai pas le courage de chanter en solo, je ne suis que choriste.

À son grand étonnement, les essais continuent sans que Shane retrouve cette voix mystérieuse. Durant la nuit, Shane est même réveillé par une fille qui chante sous sa fenêtre. Le lendemain, un texto apparaît sur son portable avec un lien vers le site d'Ella.

Mais aucune de ces voix n'est la bonne; Shane commence à se décourager.

CHAPITRE
DOUZE

C'est une journée magnifique et Mitchie a décidé d'emprunter le chemin le plus long pour se rendre de la cuisine aux chalets. Elle longe le lac lorsqu'elle entend chanter parmi le gazouillis des oiseaux et le clapotement de l'eau contre les rochers. Elle s'immobilise pour mieux écouter.

Elle reconnaît la voix de Shane, qui provient d'une rangée de canots amarrés au quai. Mitchie se rend sur la pointe des pieds sur le quai. Effectivement, Shane est là, installé dans l'un des canots en train de pincer les cordes de sa guitare et de jeter des notes sur une feuille de papier.

— Est-ce que ta voix porte mieux ici ? le taquine Mitchie.

— Viens et tu verras, lui dit-il en lui indiquant d'un geste de la main le canot le plus près.

Mitchie grimpe dans l'embarcation qui tangue en essayant de garder l'équilibre. Shane y prend place à son tour, puis détache l'embarcation du quai d'une poussée du pied. Ils dérivent jusqu'au milieu du lac, mais au lieu d'avancer, ils commencent à tourner en rond.

— Je pense que nous n'avons pas la bonne méthode, dit Mitchie en plongeant son aviron dans l'eau froide et bleutée.

— Quoi, tu n'aimes pas tourner en rond?

Ils s'esclaffent. La chaleur du soleil sur la peau et la brise dans les cheveux, Mitchie se sent détendue. Elle est bien.

— Alors, dit-elle en le regardant d'un drôle d'air, est-ce que tu as trouvé la fille que tu cherchais?

Shane lui rend son sourire.

— Jalouse?

— Ce que tu peux être bizarre parfois.

— Cela fait partie de mon image de vedette rock!

— Maintenir une image peut être épuisant, observe Mitchie en pensant à tout ce qu'elle a dû supporter jusqu'ici cet été.

Shane fixe l'eau.

— Cela plaît aux frimeurs. Je ne sais jamais si les gens viennent aux fêtes pour moi ou parce qu'elles sont gratuites.

— Sûrement parce qu'elles sont gratuites, plaisante Mitchie.

— Tu dois éprouver la même chose que moi à cause du travail de ta mère. Les gens ne doivent pas tous être honnêtes avec toi.

Mitchie laisse tomber sa main dans l'eau. C'est le moment ou jamais de lui dire la vérité.

— Oui, c'est vrai, choisit-elle de dire, laissant le moment passer. Tout à fait vrai.

— Cela fait du bien de parler à quelqu'un qui me comprend, avoue Shane d'un ton presque timide.

Qui suis-je en train de tromper? se dit-elle. Shane ne me pardonnera jamais s'il apprend que moi aussi je suis menteuse et poseuse comme les autres.

Mitchie reprend la rame et se remet à pagayer, sans savoir que Tess a elle aussi emprunté le chemin le plus long. Elle les observe depuis la berge.

Elle fulmine toujours lorsqu'elle arrive à la porte de la cuisine. Elle s'arrête brusquement lorsqu'elle entend des éclats de voix familières provenant de l'intérieur. La porte à moustiquaire s'ouvre et Tess, cachée derrière un arbre, voit Mitchie et Caitlyn qui quittent la cuisine en riant.

— Maman, nous avons terminé, dit Mitchie en tournant la tête vers la porte.

De l'intérieur, Tess reconnaît la voix maintenant familière de Connie Torres – la cuisinière du camp – lui répondre :

— Amusez-vous bien les filles au feu de camp. Merci pour tout.

Alors que Mitchie et Caitlyn courent le long du chemin menant au feu de camp, Tess a du mal à contenir sa joie.

C'est trop beau pour être vrai. Mitchie n'est pas une vedette, elle est aide-cuisinière !

Le site autour du feu de camp résonne d'éclats de conversations animées, ponctuées à l'occasion de chansons ou de tam-tam. Mitchie et Caitlyn viennent d'arriver sur les lieux et bavardent avec Ella, Peggy, Barron et Sander.

— Hé! j'ai entendu dire qu'on aurait de bonnes choses, dit Barron en se frottant le ventre.

— Oui, ça vient, le rassura Mitchie en riant. Mais en voyant le regard de mise en garde de Caitlyn, elle ajoute, hum... probablement.

Elle est sauvée de cette conversation au sujet du buffet par l'arrivée de Tess. L'air de suffisance qui la caractérise est encore plus flagrant alors qu'elle sourit et demande à Mitchie ce qu'il y a de neuf dans sa vie.

— Rien, lui répond Mitchie, un peu perplexe.

— Tu es sûre? insiste Tess.

Avant que Mitchie ne lui réponde, Brown et Shane font leur entrée sur la scène du campement. Les campeurs se mettent à les applaudir. Brown saisit le micro tandis que Shane se tient debout à ses côtés.

— Hé! la bande! J'ai finalement convaincu mon neveu de nous chanter une chanson, dit-il en souriant à Shane.

La foule se met à hurler de joie. Mitchie sourit à Shane qui lui rend son sourire. Tess intercepte cet échange.

Shane prend le micro que lui tend Brown.

— Les amis, j'ai une surprise pour vous. Shane fait une pause avant d'ajouter : Allez les gars, venez me rejoindre.

Nate et Jason sortent des coulisses et font leur entrée sur scène avec leurs instruments de musique. Bien que cela semble impossible, la foule entre dans un délire encore plus grand. Le bruit est assourdissant. Shane s'adresse à la foule :

— Nous allons chanter quelque chose de nouveau. À vous de nous dire ce que vous en pensez.

Il fait un signe de la tête en direction de Nate et de Jason, joue un accord sur sa guitare et se met à chanter. La chanson, magnifique et fort différente de son répertoire habituel, représente exactement le son que Mitchie lui conseille d'exprimer.

C'est tout à fait Shane, et tout à fait extraordinaire. Le groupe Connect Three est au meilleur de sa forme.

La foule est subjuguée. Shane découvrant que la réaction du public est positive, il devient plus détendu et se laisse porter encore plus par sa musique. Bien qu'il ait l'air de chanter pour la foule, Shane chante en fait pour quelqu'un en particulier – pour Mitchie. Ce que Tess ne peut s'empêcher de remarquer.

À la fin de la chanson, il y a un silence, puis le public se met à applaudir à tout rompre. Shane sourit en regardant Mitchie qui lui sourit en retour.

— Mec, ils ont adoré, reconnaît Nate, tu as raison.

— Je sais que j'ai raison, répond Jason en pensant que Nate s'adresse à lui, mais qu'est-ce que j'ai fait ?

95

— Pas toi, reprend Nate, Shane. En s'adressant aux autres membres du groupe, il ajoute : la maison de disque devra nous laisser enregistrer cette chanson.

Shane n'est pas sûr et confie ses hésitations aux deux autres.

Nate n'est toutefois pas prêt de laisser tomber.

— Nous pouvons l'enregistrer en studio ce soir et leur envoyer une démo. Ils ne pourront pas dire non lorsqu'ils l'auront entendue.

Shane hoche la tête, mais la démo lui importe peu en ce moment. Il regarde en direction de Mitchie :

— Je ne peux partir tout de suite. J'ai encore des choses à faire ici.

En suivant son regard, Nate aperçoit Mitchie et un sourire de compréhension illumine son visage. Nate et Shane s'accordent donc de se revoir lors de la soirée du concours Jam Final. Après le départ de ses amis, Shane se dirige vers Mitchie.

Tess, entre-temps, voit que Shane a rejoint Mitchie, puis remarque que Connie se trouve tout près. Elle tient sa chance. Il faut qu'elle agisse maintenant ou jamais. En prenant une grande inspiration, elle se tourne vers Mitchie et lui demande d'une voix forte :

— Mitchie, parle-nous de ta mère ?

Tess réussit à capter l'attention de plusieurs campeurs ainsi que celle de Connie qui se trouve à portée de voix. Quant à Mitchie, elle se sent comme un chevreuil aveuglé par les phares d'une voiture.

— Sa mère est une personne extraordinaire, dit Caitlyn, volant au secours de Mitchie.

—Et toi, Barron, comment décrirais-tu ta mère ? demande Caitlyn en se tournant vers Barron afin de faire diversion.

— Hum ! elle est... une maman, je dirais, dit Barron, confus.

Mais Tess ne lâche pas le morceau. Mitchie est dans sa ligne de mire et elle est prête à aller jusqu'au bout.

— Je sais qu'elle est la présidente de Hot Tunes TV en Chine, poursuit-elle, mais parle-moi encore de son travail.

Maintenant, tout le monde écoute. Connie regarde Tess, puis Mitchie. Mitchie baisse la tête, honteuse. Tous les yeux sont fixés sur elle. Brown et Dee, sur la scène, échangent des regards perplexes.

Mitchie se met à parler d'une voix basse, à peine audible :

— Elle, elle est...

— Elle est quoi ? reprend Tess

— Elle... est formidable, confie Mitchie, d'une voix un peu plus assurée.

— Mais encore ? demande Tess.

Mitchie bégaie et cherche des yeux sa mère pour lui expliquer qu'elle n'a pas voulu la blesser. Mais Connie n'est plus là.

— Elle n'est pas la présidente de Hot Tunes TV en Chine, avoue finalement Mitchie.

— Comment, dit Tess en feignant l'horreur, ta mère n'est pas la présidente ? Tu veux dire que tu as... menti ? À tout le monde ?

— Non, répond Mitchie, en essayant de penser comment elle va parer ce nouveau coup.

Un murmure se fait entendre dans la foule.

— Alors dis-nous, quel est le poste de ta mère. Elle est vice-présidente ? Trésorière ?

— Tess, c'est assez, lance Caitlyn d'un ton sévère.

Tess jette un regard bref à celle-ci avant de se remettre à tourmenter Mitchie :

— Allez, dis-nous la vérité.

— Elle est cuisinière, avoue Mitchie, au bord des larmes.

— Cuisinière ? Où ? Au Hot Tunes TV en Chine ?

— Non, ici, avoue Mitchie, les épaules creusées par l'humiliation et la défaite.

Tess est arrivée à ses fins. Elle arbore un sourire triomphant.

— Tu as donc menti, répète-t-elle à Mitchie, ta mère prépare la nourriture du camp et tu l'aides en cuisine. C'est la seule façon pour toi de te payer ce camp, n'est-ce pas ?

Mitchie est complètement anéantie. Ô combien elle s'en veut ! surtout d'avoir menti !

— Tu es une peste finie, lance Caitlyn à l'intention de Tess.

— Peut-être, mais, au moins, je ne suis pas une satanée menteuse, lui répond Tess en fixant Mitchie des yeux. Allez, on s'en va, dit-elle à Peggy et à Ella.

Peggy et Ella jettent un dernier regard à Mitchie où se lit la déception, avant de suivre Tess. Les autres campeurs commentent l'incident entre eux. Mitchie peut entendre des bribes de conversation ici et là et des mots comme « menteuse », « c'est vraiment triste » ressortent clairement. Certains campeurs rient carrément.

— Mitchie... dit Caitlyn, s'efforçant de la consoler.

— Ça va, lui répond Mitchie, vexée.

Shane, qui a tout entendu, lui fait face.

— Shane, commence-t-elle, des larmes perlant à ses yeux.

— Tu mentais, fit-il d'une voix dure.

— Oui, mais...

— Ouais ! tu sais que je vis entouré de gens qui prétendent...

— Je ne prétends rien, répondit Mitchie en souhaitant qu'elle puisse expliquer ce qu'elle ressentait. Shane est bien la dernière personne qu'elle aurait voulu tromper.

— J'ai vraiment pensé que tu étais différente, mais tu es comme les autres : tu voulais être amie avec le célèbre Shane Gray, pas avec moi. Tu m'as bien eu, clame-t-il avec un petit rire forcé.

— J'essayais seulement de...

— Garde ton histoire pour la revue *Star Scoop*, je sais que je t'ai fourni beaucoup de matière.

Shane donne un coup de pied dans l'herbe avant de s'éloigner, la guitare en bandoulière. Alors qu'elle le regarde partir, les larmes longuement retenues se mettent à tomber.

— Non, ne pleure pas ici, lui dit Caitlyn en la prenant par le bras.

Le lendemain, Shane, assis sur les marches menant au chalet du directeur, pince d'un air lugubre les cordes de sa guitare. Il aurait dû s'en douter : Mitchie et lui, c'était trop beau pour être vrai.

Levant la tête, il voit Brown qui retourne d'un pas tranquille au chalet. Il ne s'aperçoit pas de la présence de Tess, venue lui offrir réconfort et consolation. Cette dernière, en apercevant Brown, décide de se cacher dans l'ombre et d'écouter leur conversation.

— Que s'est-il passé hier soir ? demande Brown.

— Rien, lui répond Shane, sèchement.

— Rien ? Tu es bouleversé, complètement sonné, anéanti.

— Ça va, j'ai compris, oncle Brown.

Shane n'a vraiment pas besoin qu'on lui rappelle de mauvais souvenirs.

— Je vais me concentrer sur ma musique. Je ne vais pas me laisser distraire par une histoire d'amour.

— Es-tu toujours à la recherche de cette fille ? demande Brown, l'air soucieux.

Shane a un regard étonné.

Brown hausse les épaules :

— Je suis au courant des potins du camp.

— C'est complètement fou, avoue Shane en grattant toujours sa guitare. Sa chanson m'est restée dans la tête.

Il chante quelques paroles de cette chanson avant de se taire.

Tess, toujours dissimulée dans l'ombre, fronce les sourcils. Elle connaît cette chanson. Mais où l'a-t-elle entendue déjà ?

De retour à son chalet, elle soulève le matelas de Mitchie et bingo ! Dessous se trouve le cahier de chansons de Mitchie. Elle se met à le feuilleter, puis elle découvre la chanson que chantait Shane tout à l'heure.

Tess lit les paroles, les relit, puis comprend. Mitchie est celle que recherche Shane. Elle est la fille à la voix mystérieuse. Il ne faut pas que Shane l'apprenne.

Tess réfléchit. Puis, elle jette un œil sur son bracelet à breloques. Un sourire mauvais se dessine sur son visage. Elle a un plan.

CHAPITRE TREIZE

Pendant que Tess complote, Mitchie et Connie marchent... en silence. Finalement, Connie prend la parole:

— Je ne savais pas que tu avais si honte de toi, annonce-t-elle, tristement.

— Je n'ai pas honte de ce que je suis, je voulais être populaire pour une fois.

— Qu'entends-tu par là? questionne Connie en tournant la tête vers sa fille, tu as plein d'amis à la maison.

Mitchie la regarde en coin :

— J'ai une amie. Et aux dernières nouvelles, personne ne se précipite pour s'asseoir à notre table à la cafétéria. Je voulais vivre une nouvelle expérience en venant au camp, juste une fois.

Mitchie pensait avoir versé toutes les larmes de son corps, mais ses yeux s'embuèrent à nouveau.

— Oh! mon lapin! dit Connie en passant la main dans les cheveux de sa fille, tu es tellement riche intérieurement, tu n'as pas à avoir honte de qui tu es.

Mitchie regarde sa mère d'un air désolé. Elle connaît la chanson, elle-même en a écrite plus d'une sur ce thème.

— Et ne va pas croire que je dis ça parce que je suis ta mère et que je t'aime, proteste Connie.

— Maman !

— Bon, j'avoue, je manque d'objectivité. C'est vrai, enfin ! Tu as beaucoup de talent. Ta musique parle aux gens. Ils voudront t'entendre... et pas seulement ton père et moi.

Mitchie sourit. Si seulement elle pouvait croire tout ce que lui raconte sa mère !

***

Les campeurs se sont rassemblés en petits groupes en attendant que la classe de danse commence. Shane est en retard, encore une fois. Les campeurs rient et passent la soirée précédente en revue. Lorsque Mitchie fait son entrée, un grand silence se fait à l'exception de quelques petits rires étouffés ici et là.

Tess se tourne vers Ella et parle de façon à se faire entendre de Mitchie.

— Sans blague ! dit-elle en arrondissant les yeux et en se détournant de son ancienne colocataire de chalet et « amie ».

Alors que les autres campeurs rient, Mitchie tente de faire comme si de rien n'était, mais intérieurement, elle veut disparaître.

Finalement, Shane arrive et la classe peut commencer.

— Donc, dit-il en jetant un bref regard vers Mitchie avant de détourner les yeux, le *Jam Final* approche et je sais que vous êtes tous impatients.

Un chœur de « ouais ! » et de « c'est vrai » accueille ces propos.

— Voici quelques conseils. Ce n'est pas votre image qui importe. Ce qui importe est de montrer qui vous êtes vraiment, dit-il en fixant Mitchie dans les yeux. Votre musique doit traduire ce que vous ressentez vraiment, sinon cela ne veut rien dire.

Mitchie baisse les yeux et ravale ses larmes.

Shane s'est bien fait comprendre.

Un peu plus tard dans l'après-midi à la cafétéria, Mitchie se fraye un passage parmi la foule et s'assoit à la table de Caitlyn, Lola, Barron et Sander.

— Tu sais, être assis avec l'aide-cuisinière nuit sûrement à ma réputation, déclare Barron avec emphase.

Mitchie est en train de s'excuser lorsque Lola intervient :

— Mais de quelle réputation parles-tu donc ? blague-t-elle.

Mitchie respire mieux, il reste encore des gens qui lui parlent.

Puis, on entend le rire de Tess à travers la pièce et Mitchie ne peut s'empêcher de raidir les épaules.

— Crois-moi, lui assure Caitlyn, ce n'est sûrement pas si drôle que ça.

Puis Tess se lève d'un bond et traverse la pièce suivie de ses deux acolytes. Elle s'arrête devant Mitchie.

— Le poulet est un peu sec, commente Tess d'une voix très forte, à qui dois-je me plaindre ?

— Peut-être que ce n'est pas le poulet qui est sec, répond Lola, mais ta bouche à force de dire des choses méchantes.

Quelques campeurs lèvent la tête pour voir ce qui se passe, mais Tess ne lui répond pas. Elle continue de s'adresser à Mitchie :

— Pourrais-tu prévenir ta mère de faire un peu plus attention à l'avenir ?

Son petit numéro de méchanceté terminé, Tess tourne les talons et reprend lentement sa place.

En la regardant s'éloigner, Mitchie se sent envahie d'une énergie nouvelle. Elle se lève.

— Tess ? dit Mitchie d'une voix assurée.

Tess se retourne et lui lance un regard hautain.

— Arrête de me parler comme tu le fais, poursuit Mitchie, arrête de parler à *tout le monde* comme tu le fais. Je suis peut-être la fille de la cuisinière et mon père n'est peut-être pas riche, mais je me considère comme une bien meilleure personne que celle qui se croit supérieure aux autres simplement parce qu'elle les méprise.

La salle est devenue complètement silencieuse. Tous les regards sont fixés sur Tess, dont les joues deviennent rose bonbon. Elle reprend vite pied.

— Cuisine quelque chose de bon ce soir, je vais avoir très faim après la répétition. Au fait, si tu ne le sais pas encore, tu ne fais plus partie du groupe.

Tess jette la tête vers l'arrière et se lève, talonnée par Peggy et Ella.

Derrière elle, Caitlyn fait un large sourire à l'intention de Mitchie.

— Alors nous formerons notre propre groupe, conclut Caitlyn.

Mitchie fait signe qu'elle est d'accord. Elle a peut-être perdu son statut, mais la joie d'être à nouveau elle-même en vaut la peine.

Une foule se rassemble derrière Brown, alors que celui-ci s'affaire à installer une affiche sur le babillard à l'extérieur de la cafétéria. Cette affiche annonce en lettres vibrantes ce que le camp tout entier attend depuis le premier jour : *JAM FINAL*, PLUS QUE 5 JOURS.

Les jours suivants, le camp bourdonne d'activités, les préparatifs vont bon train. Les groupes chantent, dansent, jouent, sautent et se préparent pour le grand soir.

Tess, Ella et Peggy suent à grosses gouttes pendant qu'elles répètent leur chorégraphie. La coordination des mouvements est plutôt laborieuse puisque Tess ne cesse de les interrompre pour formuler une critique à l'égard de l'une ou l'autre.

Deux jours plus tard, Brown a recouvert le 5 sur l'affiche par un 3. Plus que trois jours avant le *Jam Final*. Sur le site,

Sander et Barron répètent leur numéro de rap. Dans la cabine Vibe, Tess fait à nouveau la leçon à Peggy et Ella à propos de la chorégraphie.

Plus que deux jours. Puis Brown remplace le 3 de l'affiche par un 1. C'est la veille du *Jam Final*, Mitchie et Caitlyn ont vite rangé les courses pour se ménager du temps pour la répétition. Les tâches à la cuisine accomplies, les filles se rendent au lac pour répéter.

Plus tard ce jour-là, Mitchie et Caitlyn sont fin prêtes. De retour à la cuisine, elles racontent une histoire à Connie en brassant d'immenses marmites de macaroni au fromage, lorsque la porte d'entrée s'ouvre à toute volée pour laisser passer Tess suivie de Brown.

— Je suis sûre que ce sont elles, lance Tess en pointant un doigt accusateur d'abord en direction de Mitchie, puis de Caitlyn.

Les filles se regardent en n'y comprenant rien.

— OK, qu'a-t-elle perdu ? demande Caitlyn.

— Je n'ai rien perdu, vous l'avez volé.

— Quoi ? demande Mitchie.

Connie est, elle aussi, dépassée par les événements :

— Que se passe-t-il ? Quelqu'un veut bien m'expliquer ?

Brown, qui se tient debout en silence pendant que Tess lance ses accusations, s'avance. En prenant une grande inspiration, il se passe la main dans les cheveux avant de dire :

— Tess pense que Mitchie et Caitlyn lui ont volé son bracelet à breloques.

— Quoi! s'exclament les deux filles à l'unisson.

La mère de Mitchie secoue la tête sans s'en laisser imposer :

— Je suis désolée, mais les filles ne feraient jamais une chose pareille.

— Réglons la question une fois pour toutes, dit Brown calmement.

Il pense que l'incident prendra vite fin si Tess effectue une fouille sans trouver son bracelet.

— Mais... proteste Mitchie.

— Je sais que c'est elle. Elle a menti tout l'été sur son identité, je ne serais pas surprise qu'elle mente à propos du bracelet.

— Bon, fit Brown en voyant l'air agacé de Caitlyn et les joues rouges de Mitchie, commençons par ici, puis nous fouillerons votre chalet.

— Allez-y, dit Mitchie.

— Faites ce que vous voulez, ajoute Caitlyn.

Jetant un regard circulaire sur la cuisine encombrée, Brown se dirige vers le comptoir. Il se met à ouvrir les tiroirs remplis d'ustensiles et de casseroles.

— Vous n'allez rien trouver parce que nous n'avons pas..., commence Mitchie, qui s'arrête net lorsque Brown retire un objet brillant de sous une pile de livres de cuisine.

— C'est mon bracelet ! s'écrie Tess d'une voix triomphante.

— Il y a sûrement une erreur, proteste Connie.

— Laquelle ? Je suis entrée dans la cuisine et j'ai planqué un bracelet de grande valeur sous la recette du coq au vin ? propose Tess avec sarcasme.

— Tess, je m'en occupe, dit Brown d'un ton sévère. Se tournant vers Mitchie et Caitlyn, il ajoute : Je suis totalement consterné.

— Nous aussi, ajoute Mitchie.

— Je ne suis pas surprise, conclut Caitlyn.

Elle aurait dû se douter que Tess irait jusqu'au bout pour avoir ce qu'elle voulait : éliminer Mitchie de son chemin.

Brown soupire.

— Comme c'est la fin du camp, je n'ai pas le choix. Je dois vous exclure du reste des activités, jusqu'à la fin du concours *Jam Final*.

— Elle ment, crie Mitchie. Nous n'avons rien fait !

— Je suis désolé, je ne peux pas faire autrement, ajoute Brown sincèrement. Je répète, jusqu'à la fin du *Jam Final*, dit-il avant de partir.

Tess prend le temps de faire un sourire en coin à l'intention des filles. Un sourire qui en dit long. Elle est parvenue à ses fins. Mission accomplie.

CHAPITRE QUATORZE

La soirée du *Jam Final* arrive enfin. Partout sur le site, on entend une vaste cacophonie de chansons, de raps, de tam-tam ainsi que des sons de guitare, de trompettes, de synthétiseurs, de violons. Partout, sauf, bien entendu, à la cuisine où Mitchie et Caitlyn s'affairent à remplir les récipients de ketchup. Comme si la punition de ne pas participer au *Jam Final* n'était pas suffisante !

À l'extérieur, les parents arrivent, salués par des embrassades et des « oh, tu as réussi à te libérer ! » et des « mais qu'est-ce qui t'a pris tant de temps ? ». Tess se tient en marge de l'effervescence en scrutant les lieux dans l'espoir d'y apercevoir sa mère.

— Tess ?

— Maman ? dit Tess en se retournant, un grand sourire aux lèvres qui disparaît aussitôt qu'elle voit Dee.

— Trente minutes avant le lever du rideau, lui rappelle Dee tout doucement. On s'active.

— Oui, répond Tess en remplaçant vite sa mine déconfite par un grand sourire forcée. Après tout, elle a un spectacle à donner.

Dans sa chambre, Shane se prépare, lui aussi, pour le *Jam Final*. Il enfile son veston lorsqu'il entend frapper à la porte. Il ouvre à Nate et Jason qui entrent dans la chambre.

— Devine... dit Nate.

—... qui est là, fit Jason.

Shane prend une pause avant de répondre :

— Vous êtes chez vous ici, les amis, lance Shane en leur donnant l'accolade.

Le groupe lui a manqué. Dès demain, ils pourront refaire de la musique ensemble.

— Bonne nouvelle, annonce Nate, la presse est ici et les journalistes vont couvrir la soirée. Il fait un geste mimant un gros titre de journal. La maison de disque va adorer.

Shane hoche la tête. Il n'est pas surpris. La maison de disque ferait n'importe quoi pour un peu de publicité.

— Où est cette merveilleuse chanteuse que tu recherchais ? demande Jason.

Comment Jason a-t-il su à propos de cette fille ? se demande Shane en le regardant d'un air interrogateur.

— Bien quoi, je sais des choses, fait Jason.

Shane sourit. Son ami a toujours eu le don de le surprendre.

— J'espère que je vais la découvrir ce soir, confie-t-il avant de quitter le chalet.

Malheureusement, « la voix mystérieuse » est bien loin de la scène du *Jam Final*. Mitchie est assise au bord du lac en compagnie de Caitlyn et s'amuse à lancer des pierres qui font de gros *plouf!* lorsqu'elles entrent dans l'eau. Caitlyn presse rageusement une touche sur son portable et les haut-parleurs se mettent à diffuser de la musique.

— C'était supposé être un été fantastique à faire de la musique, commente Mitchie en jetant une autre pierre dans le lac. Sa déception est palpable tant dans sa voix que dans son attitude. Au lieu de ça, je me retrouve dans un psychodrame orchestré par Tess.

— Ça arrive, philosophe Caitlyn, je n'ai jamais vu Brown aussi sévère.

Mitchie hoche la tête. Il a été si catégorique, *jusqu'à la fin du Jam Final*, dit Mitchie en imitant le directeur.

— Je sais, j'étais là moi aussi, l'informe Caitlyn.

En levant la tête, elle voit dans les yeux de Mitchie un éclat qui ressemble à tout sauf à la défaite.

À l'évidence, Mitchie mijote quelque chose. Mais quoi ?

Brown, debout sur la scène du *Jam Final*, contemple la foule de campeurs et de leurs parents. Dee et certains moniteurs distribuent des bâtons fluorescents augmentant ainsi l'atmosphère de fête. La soirée s'annonce géniale.

Après s'être éclairci la voix, Brown s'adresse à la foule :

— Bonsoir les campeurs, amis, famille et fans du Camp Rock ! C'est ce soir que l'on écrira une nouvelle page d'histoire de la musique. Ce soir, on connaîtra le nom du vainqueur du concours *Jam Final* !

Une clameur monte de la foule. Certains agitent leurs bâtons fluorescents et d'autres sifflent avec leurs doigts.

— Le vainqueur du concours de cette année remportera non seulement le trophée du Camp Rock, Brown prend une pause pour ménager son effet, mais la chance de faire un enregistrement avec mon neveu, Shane Gray !

Une fois de plus, la foule accueille ces propos par des cris auxquels s'ajoutent cette fois des hurlements féminins. C'est à ne pas en douter, une très grande nouvelle. Puis, Brown laisse tomber une nouvelle bombe. Il présente les juges de la soirée – le groupe Connect Three ! Le public est littéralement en délire.

Brown attend que le calme revienne, avant de finir son intro.

— Lorsque vous entendrez une chanson qui vous plaît, brandissez vos baguettes lumineuses dans les airs. Parfait, passons à la vitesse supérieure et cassons la baraque !

Pendant que Brown stimule la foule, Tess, Peggy et Ella sont sur un côté de la scène, toujours en train de répéter. En fait, on ne peut pas les manquer avec leurs costumes élaborés. Elles répètent un pas de danse particulièrement compliqué lorsque Tess, d'un geste du poignet, leur ordonne d'arrêter.

— Ce n'est pas une soirée d'amateurs, dit-elle d'un ton cassant. C'est sérieux.

Ella est exaspérée :

— Nous l'avons fait parfaitement, proteste-t-elle.

113

— Non, pas du tout, rétorque Tess. Moi, je m'efforce de gagner. Vous êtes peut-être habituées à perdre, pas moi. J'en ai assez de toujours rattraper vos faiblesses.

Les yeux de Peggy s'arrondissent. Elle en a assez de Tess Tyler et de ses airs supérieurs.

— Arrête de nous dire quoi faire ! hurle Peggy. C'est toi qui mets la pagaille !

Peggy s'éloigne d'un pas décidé.

— Peggy, reviens ici tout de suite, ordonne Tess, les poings sur les hanches. Mais Peggy continue de marcher. Bon débarras, commente Tess à l'intention d'Ella, elle n'est qu'un boulet pour nous.

— Tu sais quoi ? révèle Ella, j'en ai assez, moi aussi. Fais ton numéro toute seule.

Le visage de Tess se fige. Et en partant, Ella a le culot d'ajouter :

— Au fait, ton brillant à lèvres ne brille plus.

Sur ce, elle suit Peggy laissant une Tess complètement désemparée.

À l'extérieur du chalet de Caitlyn, se joue un drame d'un tout autre ordre. Mitchie bute presque contre Caitlyn, quand cette dernière court en transportant un sac de vêtements.

— Tu as tout ce qu'il faut ? demande Mitchie.

— Tout, répond Caitlyn.

Mitchie a des papillons dans l'estomac.

— Parfait, dit-elle en souriant.

Son plan est officiellement en marche.

Une fois de plus, Brown monte sur scène, cette fois-ci pour présenter le premier numéro – le groupe des It Girls.

Prenant une profonde respiration, Tess – sans les autres filles – monte sur la scène. Scrutant la foule, ses yeux s'arrêtent à la table des Connect Three. Elle se prépare à leur décocher l'un de ses plus beaux sourires lorsqu'elle voit une femme, habillée comme une vedette de cinéma, prendre place dans la dernière rangée. Les gens tendent leur cou pour mieux la voir pendant qu'elle signe des autographes.

Les yeux de Tess s'illuminent.

—Maman? murmure-t-elle, incrédule.

Tout à fait remontée, Tess prend sa pose d'ouverture avec assurance. La musique démarre et Tess fait son numéro en chantant et en dansant en y mettant tout son cœur. Ses yeux sont fixés sur sa mère comme si elle faisait son numéro pour elle seulement. Tess redresse les hanches, ouvre ses bras, tourne puis tourne de nouveau, avec toujours un regard vers sa mère… qui, elle, fixe son portable. T. J. Tyler sort du rang pour prendre un appel. Elle n'est plus concentrée sur le spectacle que donne Tess.

Tess rate un pas d'une chorégraphie qu'elle a faite des centaines de fois. Son esprit est ailleurs, elle trébuche et tombe par terre.

Elle se relève aussitôt, mais perd le rythme. Sa mère est partie. La magie vient de s'envoler. Tess étouffe un sanglot et quitte précipitamment la scène.

Brown revient sur scène. Après tout, le spectacle doit continuer. Il présente rapidement le deuxième numéro : Barron James, Sander Loya et le groupe Hasta La Vista Crew.

Le rideau se lève et le groupe se met aussitôt à jouer un reggae endiablé. La foule se met à danser. Quelques personnes brandissent leurs baguettes lumineuses dans le ciel qui s'assombrit peu à peu.

Leur numéro terminé, plusieurs autres suivent jusqu'à ce que Brown revienne sur scène.

— Bien, dit-il, il semble que ce soit tout pour ce soir...

Mais Dee vient de lui remettre un bout de papier en catastrophe. Brown le lit, l'air surpris.

— Il semble que nous ayons un numéro supplémentaire, annonce-t-il. Je vous demande d'accueillir Margaret Dupree.

Les gens dans la foule se regardent puis se mettent à l'applaudir. En coulisse, Ella est tout aussi étonnée que le reste de l'assistance.

— Qui est Margaret ? demande-t-elle calmement.

— C'est moi, répond Peggy, en marchant vers son amie.

Ella hoche la tête en souriant.

— Vas-y Margaret ! dit-elle alors que Peggy entre en scène et prend place sous les feux des projecteurs.

Lorsque Peggy entame sa chanson, une voix profonde et chaude, aux accents mélancoliques se fait entendre. Des années de frustration à être sous la coupe de Tess s'évanouissent devant la foule. Elle est extraordinaire ! Elle se déplace sur scène avec une aisance que la foule – incluant le groupe Connect Three – n'avait jamais vue.

Dans l'assistance, les baguettes lumineuses scintillent de partout. La foule adore Peggy et son énergie. En terminant sa chanson, elle s'incline bien bas devant la foule en délire. Alors qu'elle quitte la scène, Tess hurle son nom.

— Que me veux-tu encore ? demande Peggy, prête à en découdre avec elle.

Tess n'a plus aucune combativité.

— Tu es vraiment bonne, avoue Tess calmement. Il fallait que je te le dise.

— Merci, lui répond Peggy avec un grand sourire.

Tess tourne les talons pour partir, mais se retourne vers Peggy et ajoute :

— Pardonne-moi, dit Tess.

— Je sais, je sais, répète Brown du haut de la scène alors qu'il tente de calmer le public toujours électrisé par la prestation de Peggy.

— C'est notre dernier numéro, marquant *la fin officielle du concours Jam Final*. Et c'est l'heure pour les juges de se réunir afin justement de « juger », dit-il en montrant d'un geste le groupe Connect Three.

117

Shane, Nate et Jason se lèvent et se dirigent vers les coulisses.

Brown se tourne pour quitter la scène lorsque soudain un flot de musique se fait entendre à travers les haut-parleurs. La foule qui s'est levée, et s'apprête à partir, se rassoit comme un seul homme. Brown voit Mitchie et Caitlyn qui, de la salle, lui font de grands signes. Réprimant un sourire, Brown les rejoint.

— C'est la *fin du Jam Final*, lui annonce Mitchie lorsqu'il les a rejointes.

— J'espère que vous comprendrez, dit-il en laissant s'épanouir le sourire qu'il réprime depuis un moment. Allez-y et gagnez leurs cœurs.

CHAPITRE QUINZE

Toute l'adrénaline qui lui coule dans les veines a disparu comme par enchantement lorsque Mitchie est au milieu de la scène face à tous ces gens. Les campeurs, leurs parents, Shane et même la presse, tous regardent et attendent. Du coin de l'œil, elle voit Caitlyn démarrer la musique, mais, lorsque Mitchie ouvre la bouche, aucun son n'en sort.

Caitlyn remet immédiatement la musique en marche. Mitchie prend une profonde respiration et commence à chanter, tout doucement.

— Plus fort, lui lance Caitlyn.

Mais Mitchie est si nerveuse qu'elle arrive tout juste à se rappeler les paroles de sa chanson. Elle cherche son père et sa mère dans la foule. Elle commence à chanter plus fort. Puis, elle voit Shane et sa voix décolle.

Elle ferme les yeux et chante de façon claire et assurée. Elle chante ce qu'elle a de la peine à formuler, qu'elle est beaucoup plus que ce que les yeux entrevoient et que jamais plus elle ne renoncera à ses rêves.

De sa place au fond du théâtre, Shane, les yeux arrondis d'étonnement, écoute religieusement.

— C'est la chanson, affirme-t-il.

— Et si c'est la chanson, ça doit être aussi la fille, lui répond Nate.

Shane est fasciné par l'assurance, le talent et l'authenticité dont fait preuve Mitchie sur scène. Envoûté comme le reste de l'assistance, il se dirige vers la scène. Sur place, il sourit à Mitchie qui lui rend son sourire tout en continuant à interpréter sa chanson.

Saisissant le micro de Brown, Shane se met à grimper deux à deux les marches menant à la scène pour se joindre à Mitchie. Les deux reprennent le refrain en chœur et en se regardant dans les yeux. En cet instant, tous les mensonges et les prétentions s'effacent.

La chanson terminée, ils abaissent leurs micros, mais non leurs regards. Pendant un long moment, Mitchie et Shane se regardent comme s'ils se voyaient pour la première fois. Puis ils prennent conscience des applaudissements délirants. Alors que le public brandit les baguettes lumineuses en cadence, Mitchie et Shane se regardent toujours intensément avec l'impression d'être seuls au monde.

La foule est impatiente de connaître le gagnant du concours *Jam Final*.

Shane est sur scène avec Brown et Dee, mais ne peut pas détourner son regard de Mitchie qui se tient à côté de Caitlyn dans la foule.

Une jeune campeuse apporte l'enveloppe cachetée et la remet à Brown, qui se précipite sur la scène.

— Voici le nom du gagnant ou de la gagnante du *Jam Final*, signale-t-il en brandissant l'enveloppe.

Il ouvre l'enveloppe, aussi impatient que la foule de savoir qui a gagné. Son visage s'éclaire d'un large sourire.

— Margaret Dupree, lance-t-il fièrement.

— Qui, moi ? fait Peggy dont le visage passe de la surprise à la joie la plus totale.

La foule applaudit à tout rompre.

— Tu as gagné ! Tu as gagné ! répète Mitchie en sautant de joie.

— Monte sur scène, vite, lui conseille vivement Ella en la poussant vers la scène.

Peggy ne se le fait pas dire deux fois et court rejoindre Brown qui lui remet un énorme trophée ainsi qu'une enveloppe.

— Bravo ! Tu auras la chance d'enregistrer avec Shane Gray.

Le public réagit en applaudissant de plus belle.

— Félicitations, Peggy, dit Shane avec un grand sourire. Tu le mérites, tu as été extraordinaire. J'ai très hâte d'enregistrer avec toi.

Peggy et Shane se donnent l'accolade et posent pour la presse.

Dans la foule, Mitchie est rayonnante.

— Nous avons réussi, affirme-t-elle à Caitlyn en glissant un bras autour de ses épaules.

— *Tu* as réussi, rectifie Caitlyn.

Les yeux de Mitchie s'agrandissent alors qu'elle laisse échapper un cri de victoire. Elle a réussi. Elle s'est tenue debout sur ses deux pieds et a chanté avec tout son cœur devant un public immense. Et qui plus est, a apprécié sa performance. Mitchie flotte comme dans un rêve.

C'est à ce moment-là qu'apparaît Tess. La tension monte.

— Vous avez été extraordinaires, leur annonce Tess, qui a l'air sincère.

— Merci, dit Mitchie.

— Oui, merci, fit Caitlyn en sachant combien il a été difficile pour Tess de dire ces mots.

Tess semble mal à l'aise :

— J'ai avoué à Brown que vous n'aviez pas pris mon bracelet, ajoute-t-elle en fixant le sol.

— Merci, répète Mitchie.

Comme il n'y a rien d'autre à ajouter; Mitchie et Caitlyn partent rejoindre leur famille respective. Tess reste seule.

— Hé! ma belle! entend Tess, qui se retourne pour voir sa mère s'avancer vers elle.

— Tu étais merveilleuse là-haut, lui complimente cette dernière en la prenant dans ses bras.

— Tu ne m'as même pas vue, lui répond Tess en la repoussant.

T. J. est d'abord surprise par l'attitude de sa fille avant de comprendre.

— J'ai tout filmé sur mon portable, lui explique-t-elle, en la prenant de nouveau dans ses bras. Que dirais-tu de me raconter ton été au camp pendant que nous serons en Europe ?

Tess se libère de son étreinte pour mieux la regarder.

— Je vais t'accompagner en tournée ?

— Oui, fit sa mère, je ne vais quand même pas enregistrer tous les moments agréables sur mon portable !

Tess lui répond par un large sourire.

Mitchie, qui a retrouvé ses parents dans la foule, est accueillie par sa mère, qui la prend dans ses bras en lui disant :

— Je suis désolée que tu n'aies pas gagné.

— Ce n'est pas ce qui est important, lui répond Mitchie avec un sourire.

Mitchie voit Shane s'approcher et fait un petit signe à ses parents avant d'aller le rejoindre, impatiente de savoir ce qu'il a à lui dire.

— Je pense que j'ai trouvé ce que je cherchais.

— Cela dépend de ce que tu cherches, ironise Mitchie.

— Est-ce que tu serais disponible pour une promenade en canot un peu plus tard ? lui demande Shane.

123

— Je ne voudrais pas manquer cela pour tout l'or du monde, lui répond Mitchie avec un grand sourire.

— Attention tout le monde, dit Brown toujours sur scène, comme le concours *Jam Final* est terminé, vous savez ce que ça signifie ? Oui, c'est le coup d'envoi de l'impro !

— Allez, tout le monde ! Et que ça saute ! crie Dee avec enthousiasme.

Un mélange de musique se fait entendre.

Du rock and roll, du pop, du R&B, du reggae, du country, de l'opéra, du folk, du heavy métal. Les campeurs investissent la scène, la fête bat son plein. Au milieu de toutes ces réjouissances, Mitchie et Shane dansent et chantent ensemble. Puis Shane dépose un baiser sur la joue de Mitchie. Celle-ci, rougissante, se dit que le Camp Rock est vraiment un endroit qui casse la baraque.

[1] Référence à Macbeth de Shakespeare.